魔女に育てられた少年、魔女殺しの英雄となる

クボタロウ

角川スニーカー文庫

22232

本文・口絵イラスト／ファルまろ
本文・口絵デザイン／栗原高明（LUCK'A Inc.）

~CONTENTS~

プロローグ

瞼《まぶた》の裏に光を感じた僕は、ぼんやりとした意識の中でゆっくりと目を開いた。

するると、目に映ったのは赤茶色にかすんだ景色と輪郭のぼやけた一組の男女。

「グ、グレイス！　アルが目を開いたぞ！」

「ほ、本当に⁉　他の子と比べて目を開くのが遅かったから心配だったけど……これで漸《よう》く一安心ね」

何処《ど》の言葉だろう？

声が弾んでいることくらいは分かるものの、その内容までは分からない。

「見えているのかな？」

「どうなのかしら？　赤ちゃんの内は視力が弱いって聞いたけど……」

この人たちは誰で、僕は何処に居るのだろう？

そのような疑問を浮かべる僕を他所《よそ》に、声を弾ませながら指先を動かし始める二人。

僕は、疑問を浮かべながらも指先を目で追ってしまう。

そして、そうしている内に意識が薄れていくような感覚を覚え――

「おや、疲れさせてしまったか？」

「ふふっ、もうお眠みたいね」

瞼の重さに抵抗するも空《むな》しく、ゆっくりと意識を手放すことになった。


誰かの声が届き、僕の意識は表層へと浮上していく。

意識を取り戻した僕の目に映ったのは、幾つもの色を取り戻した世界。

それと、月明かりを背負って、苦しそうな表情を浮かべる一組の男女だった。

「ごめんなさい……アル。これしか、これしか方法がないの」

そう言ったのは女性で、端整な顔を涙と鼻水でぐしゃぐしゃにしている。

「憎んでくれていい……だからどうか……どうかこの子を……」

そう言った男性は心底悔しそうな表情を浮かべており、噛《か》みしめた唇から血を滲《にじ》ませていた。

「あ～あ～う？」

僕は、余りにも二人が辛《つら》そうだったので、心配になって思わず声を掛けてしまう。

「あ～？　う～う？」

しかし、僕の口から発せられたのは言葉ですらない拙い音で、どんなに頑張っても、赤ん坊がぐずっているような声しか出すことができなかった。

そして、そんな僕を見た女性は、端整な顔をより一層歪《ゆが》ませる。

対して僕は――

「私には無理よ！　この子を――アルを置いていくことなんてできない！」

「私だって！　私だって置いていきたくないに決まっている！」

「だったら――うぐっ⁉」

「静かにグレイス……ああ、くそっ……馬車の音が近づいて来てやがる」

嗚咽《おえつ》混じりの会話を聞きながら。強く抱きしめる二人の体温を感じながら。

再び意識が薄れていく感覚を覚え、重たくなった瞼を落とすことになった。


何かが頬《ほお》を撫《な》でる感触。

そんな感触によって意識を引き戻された僕は、ぼうっとしながら瞼を開く。

すると、目に飛び込んできたのは真黒い毛並みの犬――いや、狼《おおかみ》だろうか？

実際に見たことがないので断言はできないのだが、毛並みの美しい狼のような動物は、匂いを嗅ぐようにフンフンと鼻を鳴らしたあと、僕の頰をペロリと舐《な》めた。

どうしてだろう？

本来なら悲鳴のひとつでも上げる場面だ。

だというのに、不思議と恐怖心は抱かなかった。

ぼんやりとした意識のなか、見せられる光景と場面。

僕の目にしている光景が夢なのか、或《ある》いは現実なのか、その答えを出すことができていないから、なのかも知れない。

などと考えていると、女性の声が耳に届く。

「どうしたヴェルフ？　何か見つけたのか？」

その声はやけに聞き心地の良い声だった。

「ワォン」

「子供？　あぁ、可哀想《かわいそう》に……この子は【忌子】なのか」

「ワフッ？」

「心配するな。少し内側が乱れているようだが健康そのもののようだ。しかし……俗世から離れる為《ため》に身を隠したというのに、まさかこの森で子供と、それも【忌子】と出会うことになるとはな。もし、神様がいるのだとしたらきっと意地悪……いや、私に対して罰を与えようとしているのかも知れないな」

それでいて、酷《ひど》く悲しみを帯びた声で……

「ともあれ、出会ってしまった以上は放っておく訳にもいくまい」

声の主は、声を明るいものへと変えると、僕の身体《からだ》にそっと手を添える。

すると、僕の身体はいとも簡単に抱きかかえられてしまい、浮遊感に襲われた僕は驚きを覚える。

だが、それらの感情は次の瞬間に全て霧散することとなる。

「ふむ、君の名前はアルディノというのか？」

そのような声と共に、僕の目に飛び込んできたのは——

月明かりを反射してキラキラと光る銀色の髪。

一流の彫刻を思わせるような端整な顔立ち。

まるで宝石をはめ込んだような紅《あか》い瞳。

そして——

「私の名前はメーティーだ。これからよろしくな」

優しく微笑《ほほえ》み掛ける、一人の女性の姿だった。

――これが、この世界での家族との出会い。
【禍事《まがごと》を歌う魔女】と呼ばれ、人々から恐れられた魔女と。
畏敬の念から【幻月】と呼ばれた一匹の狼との出会いだ。
この物語は、そんな一人と一匹に育てられ、成長していく僕の姿を綴《つづ》った記録であり、
または家族との記憶である。
そして――
最愛なる家族を――【禍事を歌う魔女】を殺す為の物語だ。

第一章　美女と狼と赤ん坊

「おや、どうやら起きてしまったようだな」

「わっふ！」

目を覚ました僕の目に映ったのは銀髪の女性と、黒毛の狼だった。

まだ夢の続きを見ているのだろうか？

そう思って頬を抓《つね》ろうとするのだが、上手《うま》く身体を動かすことができない。

「起きたとなると、なにか食事でも与えた方が良いのだろうな」

「わふ、わっふ？」

「ふむ、ヴェルフは私を馬鹿にしているようだな？　ミルクをひと肌に温めることくらいは知っているさ」

会話のようなものが聞こえるものの、その言葉を理解することができなかった。日本語とも英語とも違う、聞き覚えのない言語だったからだ。

「少し待っているんだぞ？　ミルクを温めてやるからな」

銀髪の女性は何かを言い残すと、僕の元から離れてキッチンと思われる場所に立つ。

すると、部屋に漂っていた古書店のような匂いのなかに、優しいミルクの匂いが漂い始めた。

「ほら、美味《おい》しいミルクだぞ」

銀髪の女性は木製の匙《さじ》でミルクをすくうと、僕の口元へと運ぶ。

僕は、知らず知らずの内に喉の渇きと空腹を覚えていたようで、思わず差し出された匙に口を付けそうになってしまう。

「む、これでは飲んでくれないのか？」

だが、見知らぬ場所であることに加え、見知らぬ人物から与えられた食事を口に入れるのには抵抗がある。

空腹よりも警戒心を優先させた僕は、口を結ぶことによって匙を拒んでみせた。

「やはり母親の乳が恋しいか……すまんな、私では乳を与えることができんのだよ」

僕が拒むと、銀髪の女性は僅かに表情を曇らせる。

その表情を見た僕は罪悪感の所為《せい》か、胸にチクリとした痛みを覚えてしまう。

しかし、そうして胸の痛みを感じていると――

「あう!?」

「申し訳ないんだがこれで我慢してくれないか？」

銀髪の女性は僕に小指を咥《くわ》えさせ、小指に伝わせることでミルクを口内へと送り込む。

そのことにより僕はミルクを嚥下《えんげ》し、コクリ、コクリと喉を鳴らしてしまうのだが、そうしている内に喉の渇きとお腹《なか》が満たされたようで――

「おや、また寝てしまったようだな」

「わっふ」

自然と瞼《まぶた》が閉じていき、僕の意識は眠りのなかへと落ちていった。


そのような行為は――まるで赤ん坊を扱うような行為は翌日以降も続けられた。

「アル、ご飯の時間だぞ」

「あ～う！　う～！」

僕はミルクを差し出される度に抵抗を試みた。

「どうした？　飲みたくないのか？　だが、飲まないと大きくなれんぞ？　ほら、好き嫌い言わずにしっかりと飲むんだ」

「うぐ!?」

が、身体の自由も利かなければ、碌《ろく》に言葉を発することすらままならないのだ。

結局は抵抗空しく、口の中へとミルクを流し込まれてしまう。

「全部飲んだようだな？　ほら、げっぷを出すんだ」

「けぷっ」

「うむ、アルは良い子だな」

僕はミルクを飲まされ、優しく背中を擦《さす》られる度に考えていた。

この銀髪の女性はどうして赤ん坊と接するような態度を取るのだろう？

どうして身体の自由が利かないのだろう？

どうして見知らぬ場所に居るのだろう？

そのような幾つもの疑問に頭を悩ませていたのだが……正直なところ答えは出ていた。

ただ、それを受け入れることができなかっただけなのだ。

僕は自分の右手へと視線を送る。

すると、僕の目に映ったのは紅葉大の手のひらで、僕が意識を集中すると、順番にグーとパーを形作った。

要するに、今の僕は十四歳の少年ではなく、生後数か月の赤ん坊なのだ。

だからこそ、銀髪の女性は赤ん坊と接するような態度を取り、赤ん坊の身体であるからこそ、碌に身体を動かすことができない。

そして、本当に受け入れ難いのだが、今の僕が赤ん坊だということは、世にいう輪廻《りんね》転生というものを体験してしまった訳で……

「もう雪も溶けたというのに、今夜はちと冷えるな」

などと考えていると銀髪の女性の声が届く。

「どれ、薪《まき》にでも火をくべるとするか――【火球】」

続いて聞こえてきたのはスナップ音と、中空に浮かぶ炎の塊が酸素を取り込む音。

その聞き慣れない音と、有り得ない光景を目の当たりにした僕は――

『マ、マジックかな……？』

それが魔法であると理解しつつも、否定の言葉を胸の内で呟《つぶや》くのだった。


それから数週間が経過した。

「ほらミルクが温まったぞ。たんと飲むが良い」

しかし、数週間が経過したからといって状況が劇的に変化する訳でもない。

「げっぷも上手に出たようだな。ふむ、そろそろ固形物に慣れさせても良い時期か？」

とはいえ、心境に関しては大きな変化があった。

銀髪の女性に対して抱いていた警戒心――それが綺麗《きれい》さっぱりと消えてしまったのだ。

それもその筈《はず》。この数週間の間、銀髪の女性は僕の面倒を見続けてくれた。

恐らく、知識はあっても子育てをした経験はなかったのだろう。

「どうだアル？　風呂に浸《つ》かるのは気持ち良い——す、すまんアル！」

お風呂に入れてくれた際には浴槽に落とされもした。

「どうしたアル？　そんな渋い顔をしてからに？　……少し酸っぱかったようだな」

分量を間違えてしまったようで、恐ろしく酸っぱいジュースを飲まされもした。

「ほら、おしめを変えてやったからさっぱりした……す、すまないアル」

なにをどうすればそうなるのか、濡《ぬ》れたおしめを顔に乗せられもした。

それでも——

「ふふっ、子育てをすることなど諦めていたんだがな」

銀髪の女性は、愛情と呼べるなにかを僕に注いでくれたのだ。

そんな女性に対して警戒心を抱き続けられる筈がない。

従って僕は、警戒心を解くと同時に、現状を受け入れるべきだと考え始めるのだが……

結果的には、少しばかり心が病んでしまうことになった。

何故《なぜ》なら、現状を整理していく内に、幾つもの不安の種が見つかってしまったからだ。

例えば、僕の出生なんかも不安の種の一つだ。

恐らくではあるが、僕は捨てられた子供なのだろう。

ぼんやりとした意識のなかで見た一組の男女——この世界での両親だと思われる男女は、何かしらの事情があって、僕を捨てなければならなかった。

そして、捨てられてしまった僕を銀髪の女性が拾い、今日まで面倒を見てくれている。

と、いうのが、出生についての僕なりの結論だ。

その時点で、不安しかないというのに……加えて横たわるのは異世界であるという事実や言葉の壁。アッシュブロンドの髪に、赤茶色の瞳という受け入れ難い自分の姿。

様々な問題と向き合っていかなければならないのだから、不安は尚更《なおさら》だ。

それでも、僕は現状を整理する為《ため》に頭を働かせ続けた。

しかし、それが良くなかったのだろう。

現状を整理する過程で、改めて理解させられる羽目になってしまったからだ。

本来あるべき命が……歩んできたこれまでの人生が終わってしまったという事実を。

道路に飛び出した女の子を庇《かば》ったことや、鉄の塊が骨を砕く感覚を身体《からだ》が覚えている。

恐らく、その瞬間に僕の人生は終わってしまったのだろう。

そして、その事実は……僕の心に重くのしかかった。

例えば、何てことのない朝の風景——銀髪の女性は、僕に朝食を与えた後に自分の朝食を取るのだが、その時に飲む珈琲《コーヒー》の香り。

そんな香りを嗅ぐだけでも前世の家族との朝の風景――母親がキッチンに立ち、父親が新聞を読みながら珈琲を啜《すす》り、妹がテレビの前で朝の占いに一喜一憂する。

そんな風景を思い出してしまい、無性に寂しくなってしまうのだ。

だからこそ、楽しかったことを思い出して、寂しさを紛らわそうとするのだが、思い浮かぶのは家族や友人たちとの思い出ばかりで、余計に寂しさを覚えるという悪循環に陥ってしまった。

だからだろう。

僕の心は疲れてしまい、日々、心が摩耗していくような感覚に苦しめられることになる。

その所為か、幼い身体が負担を感じたようで、僕の意識とは関係なく、頻繁に夜泣きするようになってしまったのだが……

「どうした？　怖い夢でも見てしまったのか？」

そんな時、傍《そば》に居てくれたのはやはり銀髪の女性だった。

身体も碌に動かせなかったので、考える時間だけは無駄にあった。

無駄にあったからこそ、比例するように悪い想像に費やす時間も多かった。

それだけに、何度も何度も夜泣きをして迷惑を掛けてしまった筈だ。

「よしよし、怖い時は我慢せずに大声で泣くといい」

だというのに、銀髪の女性はひとつも嫌な顔をせずに、僕が泣きやむまで優しくあやしてくれた。

それは、家族や友人との繋《つな》がりを突然断たれてしまった僕にとって、本当に心休まる時間で――そんな温かさに触れ、日々を重ねることができたからだろう。

少しずつ沈んだ心との折り合いがつけられるようになり、赤ん坊として生を授かったことや、この世界が異世界であることを徐々に受け入れられるようになって行った。

そして――


「メーテ、ウルフ、おはよう」

「ああ、おはようアル」

「わっふ！」

異世界生活三年目を迎えた現在、僕は穏やかな気持ちで朝を迎えている。

第二章　本の森

大小様々な木々で構成された深く広大な森と、森を避けるようにして開かれた土地。

その中央には直径十五メートルほどの大木が根を張っており、大木のなかには人が暮らせるような様々な設備が詰め込まれている。

まるでファンタジー映画に出てくるような洒落《しゃれ》たツリーハウス。

それが僕たちの暮らす家であり、二年以上の歳月を過ごしてきた異世界での故郷だ。


「メーテ、ウルフ、おはよう」

「わっふ！」

「おはようアル、すぐに朝食が出来上がるから椅子に座って待っているといい」

「うん、ありがとう」

「ちなみにだが、パンケーキには何をかける？　ジャムであれば苺《いちご》と杏《あんず》があるぞ？」

「じゃあ、杏をお願いしようかな？」

「杏だな。了解した」

僕は椅子に腰を下ろすと、擦り寄ってきたウルフの頭を撫《な》でる。

ふと時計を見れば、短針が六時を示しており、胸の内で「昔だったらまだ寝ている時間だな」と溢《こぼ》すと、もう一度ウルフの頭を撫でた。

「ほら、出来上がったぞ」

そうこうしている間にも朝食が出来上がったようで、メーテはテーブルの上に二人分の朝食を並べていく。

「で、こっちはウルフの分だ」

続いて木製の食器がコンッと床に置かれ、その上に焼かれた肉が豪快に盛りつけられる。

流石《さすが》に朝から大量の肉というのは胃がもたれそうだし、肉ばかりというのも不健康そうな気もするが、歯が生《は》え揃《そろ》っておらず、柔らかいものばかり食べている僕からすれば、少しだけ羨ましい。

とはいえ、僕たちの朝食だって負けてはいない。

今日の朝食は、すり下ろした果実の入ったヨーグルト。

グラスには真っ白な牛乳が注がれており、できたてのパンケーキは小麦粉の優しい香りを湯気に乗せて運んでいる。

しかも、その脇には杏のジャムが添えられているのだから思わず頬《ほお》も緩むというものだ。

僕のお腹《なか》が、きゅるると小さな悲鳴を上げる。

すると、そんな悲鳴がメーテの耳に届いてしまったのだろう。

メーテは微笑《ほほえ》ましいものを見るような視線を僕に送ると――

「さて、アルのお腹も限界のようだしな。そろそろ朝食をいただくことにしようか」

「う、うん！　い、いただきます！」

「わっふ！」

朝食の始まりを告げ、僕とウルフはスタートを切るかのように食事を口へと運ぶ。

このようにして異世界での一日は始まる。

実に穏やかな朝の風景で、文句のつけようのない一日の始まりではあるのだが……

「あいたたたたー……腕が痺《しび》れてフォークが持てないなー。実に困ったなー」

まあ、これが無ければの話である。

「……さっきまでフライパンを振ってたよね？」

「そ、それがいけなかったのだろうなー、だからフォークが持てんのだよー」

そのような大根演技を披露するのは、丈の長いゆったりした服を着こなすメーテ。

銀色の髪をサイドで編み込み、トップでまとめるという特徴的な髪型。

加えて特徴的なのは、宝石をはめ込んだような紅《あか》い瞳で、年齢は二十代半ばといったところだろうか。驚くほど顔立ちが整っていて、キリッとした印象を受ける女性だ。

「くぅん、くぅ～ん」

「ウ、ウルフ？」

足元で間の抜けた鳴き声を漏らすのはウルフ。

金色の瞳と、艶のある美しい黒毛が特徴的な、大型犬よりも一回りほど大きい狼《おおかみ》である。

ちなみにだが、一人と一匹の呼び名は正確ではない。

正確にはメーティーとヴェルフという名前があるのだが――

「さあ、私たちの名前を呼んでみるんだ！」

「メ……メーテェ。ウ、ウルフ」

「き、聞いたかヴェルフ！　私のことをメーテと呼んだぞ⁉」

「わっふ！」

「ああ、お前のこともウルフと呼んだな！　よし！　今日からお前のことをウルフと呼ぶことにするから、私のことはメーテと呼ぶがいい！」

「わおおおおおん！」

「うむ！　ウルフも嬉《うれ》しいか！　それにしてもメーテ……メーテか……くふふっ」

拙い発音の弊害により、メーテとウルフという呼び名が定着してしまったという訳だ。

話が逸《そ》れてしまったので戻すことにしよう。

では何故《なぜ》、一人は大根演技を披露し、一匹は間の抜けた声を漏らすのかというと——

「あーん」

「わあーん」

要するに「あーん」をしろということなのだ。

更には何故、そんなことを要求するかというと……これはこの世界の言葉を覚え始めてから分かったことなのだが、この一人と一匹は僕に甘いというか、過保護が過ぎるというか、少しばかり愛情表現に偏りがあるのだ。

だからこそ、臆面もなく「あーん」を要求する。

そして、それが毎朝の日課になっており、それを終えないことには延々と口を開け続けるのだから始末に負えない。

「メ、メーテはトマトで、ウルフはお肉で良いのかな？」

僕は羞恥心を覚えながらも、一人と一匹の口へと食事を運ぶ。

すると、一人と一匹は満足してくれたのだろう。

「うみゃい！　やはりアルに食べさせてもらうトマトは格別だな！」

「わおおおおんっ！」

そう言って、実に満足げな表情を浮かべる。対して僕は……

「なんだろこれ？」

満足げな表情を眺めながら、乾いた笑みを浮かべてしまうのだった。

朝食を終えた僕たちは、食後のゆったりとした時間を楽しんでいた。

メーテは読書をしながら紅茶を嗜《たしな》み、ウルフは自分専用のソファで寝息を立てている。

僕は僕で、メーテから与えられた絵本に目を通しながら、この世界の言語について学んでいたのだが、そうしているとメーテから声が掛かる。

「その絵本は楽しいか？」

「うん、楽しいよ」

実際、絵本の内容はそうでもなかったが、言語を覚えること自体は楽しかった。

言葉を喋《しゃべ》れるようになってきた時もそうだったが、聞く、話す、そこに加わる表情から言葉の意味を推測する。

絵本を読むにしても、読む、挿絵を見る、知っている文字や単語を当て嵌《は》めることで文章を推測する。

そんな感覚がパズルを解いているようで楽しいのだ。

「そうか、本を読むことが楽しいか」

僕の返答を聞いたメーテは満足そうに頷《うなず》くと紅茶を啜《すす》る。

そしてカップをソーサーの上へと戻すと、僅かに逡巡《しゅんじゅん》する様子を見せ――

「では、面白いものを見せてやろうじゃないか」

メーテは悪戯《いたずら》を企てる子供のように笑みを浮かべた。


「本の森だ……」

ギシリと軋《きし》む階段を下りて、地下の書斎へと案内された僕は思わず感嘆の声を漏らす。

書斎の壁は大木の中に存在するだけあって湾曲していたのだが、それに沿う形で本棚が設置されていることに加え、びっしりと並べられた本の所為《せい》で遠近感がつかめなくなる。

それが四方全ての壁に――というのも驚きなのだが、どういう趣向なのだろうか？

天井から垂らされた蔓《つる》にも幾つもの本が括《くく》られており、僕の頭上や目の前でゆらゆらと揺れているのだから形容し難い感覚に襲われてしまう。

その為《ため》、森の中へと迷い込んでしまったような――そんな錯覚を覚えて、思わず「本の森」と口にしてしまった訳なのだが……

「くっくっ、本の森か、なかなか洒落た表現をするではないか？」

メーテに笑われたことにより、開きっぱなしになっていた口を閉じた。

「どうやら驚いてくれたようだな？」

「う、うん。すごい量の本だね……」

「くふっ……す、凄《すご》い量の本か、それ即《すなわ》ちメーテが凄いということだよな？」

どれ即ちなのだろうか？

いまいち意味は分からなかったが、取り敢《あ》えず僕は頷くことで返事をする。

「そうかそうか、メーテは凄いか！　よし、好きな本を選ぶと良い！　選んだ本を凄いメーテが読み聞かせてやろう！　ああ、ちなみに奥の方にある本には触るんじゃないぞ？奥にあるのは禁忌や厭魅《えんみ》の類だからな」

僕の返事に、何故だか胸を張り始めたメーテ。

正直、物騒な本にも興味を引かれたのは確かなのだが、数ある本を目の前にして胸を高鳴らせていたのも確かなので、言いつけを守って本を探し始める。

「難しいのはまだ読めないし……」

本棚の本や、うず高く積まれた本の背表紙に目を通していく。

「童話とか、絵本があればいいいんだけど……」

そして、僕の視線が一冊の本に留まる。

「これだけ……埃《ほこり》が被《かぶ》ってないみたい」

本棚の隅、埃が被っている一角に、何度も手に取った形跡のある本を見つけたからだ。

「まがごとを……うたうまじょ？」

僕はその本の題名を読み上げる。

続けてその本に手を伸ばそうとした瞬間――

「アル、その本はやめておこうな？　ほら、童話ならこの本なんてどうだ？　【人と巨人の女の子】とか【流浪の賢者】とか、こっちの方がきっと面白いぞ？」

僕の手首がメーテに掴《つか》まれてしまう。

「えっと……この本は駄目なの？」

「駄目だッ！」

普段声を荒らげないメーテが声を荒らげたことにより、僕の心臓がビクリと跳ねあがる。

「ご、ごめんなさい」

続けて感じたのは握られた手首の痛みで、僕は思わず謝罪の言葉を口にしてしまう。

すると、そんな僕を見て――いや、声を荒らげていた自分自身に驚いたのかも知れない。

「ち、違うんだアル！　アルは悪くない、アルが謝る必要なんてないんだ」

メーテは目に見えて狼狽《うろた》えると――

「すまない……痛かった、痛かったよな……」

赤くなった僕の手首を優しい手つきで撫《な》でた。

そのような出来事があった所為か、その日の夕食はなんとなく気まずい雰囲気だった。

正直、なんでメーテがあそこまで狼狽えたのか気になったし、その理由を知りたいと思ったのも確かなのだが……

それよりも、今はこの雰囲気を変える方が先決だろう。

そのように考えた僕は、少しというか、かなり恥ずかしいのだが、思い切ってある提案を口にする。

「えっと……本を読んでくれるって言ってたよね？　お願いしても良いかな？」

「アルからのお願い……だと？」

メーテは目を見開いて驚きを露《あら》わにする。

「ほ、本当に良いのか？」

「う、うん」

「ほ、本当に、本当に良いんだな？」

これでもか。と、いうくらいに念を押すメーテ。

「う、うん。お願いできるかな？」

そして、僕がそう答えた瞬間——

「さあ行こう！　今すぐ行こう！　くふふっ……今日は寝かさんぞ？」

僕と本を抱え、メーテは寝室へと直行する。

「さあ、何から読んで欲しい？　いや、夜は長い！　全部読もうではないか！」

加えて、メーテは自分の枕を抱えると僕のベッドへと潜り込む。

正直、以前お願いした時もこうなってしまったので、それ以降、本を読んでもらうことを避け続けてきたのだが……

「お、おい！　なんでウルフまで入ってくるんだ!?　これでは窮屈——いや、これはこれでアルと密着できるな！　策士だなウルフ！」

「わっふ！」

恥ずかしさもあるし、照れ臭さもあるけど、気まずいよりはずっと良い。

僕はそのように自分を納得させると——

「あるところに一人の少女が居ました。その少女は——」

ランタンが照らす灯《あか》りのなか、少し窮屈さを感じながらも鈴の音のような声に耳を傾け始めるのだった。

第三章　異世界での家族

僕は一冊の童話をめくっていき、最後の頁《ページ》をめくり終えたところで少し厚めの裏表紙をパタンと閉じた。

読後の余韻に浸り、四分の一ほど残ったミルクを飲み干す。

続けて口元をハンカチで拭い「ふぅ」と息を吐くと――

「その話はどうだった？　面白かったか？」

同じく、パタンと本を閉じたメーテに尋ねられた。

「うん、面白かったよ。まあ、終わり方は少し残念だったけど……」

「ははっ、そうだな。あの終わり方では主人公がちと可哀想《かわいそう》だ。まあ、それはさて置き。そろそろ庭仕事に出ようと思うんだが、アルも一緒に行くか？」

「えっと……今日はやめておこうかな？」

僕は一瞬だけ返答に悩んだものの、とある計画が頭を過《よぎ》った為、メーテのお誘いをお断りする。

「そうか、ではウルフ、アルの面倒を……いないようだな」

「ウルフなら庭で昼寝しているみたいだよ」

「ああ、確かに気持ち良さそうに昼寝をしているようだな……しかし、そうなると……」

「僕なら一人で大丈夫だよ？　他の童話を読んで待っているからさ」

「本当に一人で大丈夫か？　メーテが居なくて泣き出したりしないか？」

「な、泣き出したりはしないいんじゃないかな？」

「し、しないのか……それはそれで残念ではあるんだが……ともあれ、そういうことであれば庭仕事に向かわせてもらうことにするよ」

メーテはそう言うと、後ろ髪を引かれるような表情を浮かべながら玄関の扉を開く。

「本当に大丈夫か？　本を読んでおとなしく待っているんだぞ？」

「うん分かったよ」

更に念を押すと、扉の隙間から顔を覗《のぞ》かせつつゆっくりと扉を閉めた。

僕はソファの上へと上がり、窓からメーテの様子を窺《うかが》う。

「メーテは……うん、庭仕事を始めたみたいだね」

そして庭仕事に取り掛かったのを確認すると、ホッと胸を撫で下ろした。

そうして生まれた家の中に僕しか居ないという状況。

この状況を好機だと考えた僕は、メーテの書斎へと忍び込み、魔法について書かれた本を盗み見ることを決める。

「大人しく待ってろか……ごめんねメーテ」

とはいえ、それが約束を破る行為であり、間違った行為であることを重々理解していた。

だというのに、それでも書斎に忍び込もうとする理由は。

「一人でも生きていけるよう……強くならなきゃいけないから……」

自分の身を守る為の武器が——魔法という武器が欲しかったからだ。

僕は、計画を成功させる為に、できるだけ音を立てないようソファから降りる。

続けて、足音を殺して地下の書斎へと繋《つな》がる階段へ向かうのだが……

「メーテ……」

階段をギシリと鳴らした瞬間、メーテの顔が浮かんできて、躊躇《ちゅうちょ》を覚えてしまう。

加えて覚えたのは罪悪感で、僕は踏んだ階段からスッと右足を引き戻す。

「メーテに頼むのが正解だって分かってる。分かってるんだけど……」

実際、魔法関連の本を読みたいのであれば、メーテの許可を得てから読むべきだし、魔法を覚えたいのであれば素直に頼むべきだろう。

しかし僕は、「魔法を教えて」の一言を、メーテに伝えられずにいた。

何故《なぜ》なら僕は――

「僕は……転生者だから……」

見た目どおりの子供ではなく、メーテとウルフを騙《だま》しているからだ。

だからこそ、メーテに頼むことはできない。

頼んだことで気付かれてしまうかも知れない。

気付かれたことで気持ち悪いと思われてしまうかも知れない。

気持ち悪いと思われてしまったら捨てられてしまうかも知れないからだ。

そして、捨てられてしまった場合……この幼い身体《からだ》では容易に死を迎えてしまうに違いない。

それならば、メーテが魔法を教えてくれるまで待つべき。とも考えるのだが……

「もしかしたら今日が最後かも知れないから……」

恐らく、この平穏で満たされ日々は、長く続くことはない。

それが数年後か、数か月後か、それとも明日なのか。

それは分からないが、嘘《うそ》の上に成り立つ日々など簡単に終わりを迎えてしまう。

いずれはボロが出るだろうし、いずれは気付かれてしまうからだ。

「本当は、転生者だって伝えるべきなんだろうけど……」

正直、伝えようと思ったことは何度かあった。

だが、そう思う度に、僕の決意は不安に塗り潰されてしまっていた。

悪い想像ばかりが過って、保身に走ってしまったのだ。

「僕は自分が嫌いだ……」

が、結局のところ、そのような考えは自分だけの都合でしかない。

僕が臆病だから、悪い想像ばかりに囚《とら》われてしまい、信じ抜くことができないだけなのだ。

その背に跨《またが》り、庭を駆け回ったウルフとの日々を。

温かな食事を囲み、微笑《ほほえ》みあったメーテとの日々を。

あんなにも愛情を注いでくれていたというのに……

きっと、これは僕の悪癖なのだろう。

自分を擁護する訳ではないのだが、転生してからというもの悪い想像に費やす時間があまりにも多すぎた。あまりにも与えられすぎたのだ。

従って、僕は階段をギシリと鳴らしてしまう。

「本当に自分が嫌いだ……」

そしてそう嘆くと、書斎へと続く階段を軋《きし》ませていくのだった。

「何度来ても驚かされるな……」

メーテの書斎へと辿《たど》り着いた僕は、圧巻の光景を目の当たりにして口を半開きにしてしまう。

とはいえ、メーテと一緒にという条件付きだが、書斎に訪れるのは何度目かになるのだから、毎度毎度呆《ほう》けているようでは芸がない。

そのように考えた僕は、半開きの口を横に結び、蔵書の背表紙に目を通し始める。

「確か、魔法関係の本はこの辺りにあったと思ったんだけど……」

前回書斎を訪れた際に、魔法関係の本が置かれている位置は把握していた。

その為《ため》、僕はその一角に狙いを定めると、改めて背表紙に目を通し始める。

「五大属性魔法の理論？　水属性魔法と治水考察？　土属性魔法と建築耐性？　聖属性魔法における精神と信仰？　……この辺りの本は僕には難しそうだな」

だがしかし、なにやら小難しそうな本ばかりで、僕に理解できそうな本は一冊も存在していないようだった。

「メーテの蔵書だし……流石《さすが》に、初心者向けの教本なんてないか……」

僕は僅かに肩を落とし、半ば諦めながら床に積まれていた本へと視線を移す。

そうして、雑に積まれた本の背表紙を確認していると——

「メルワールの教本？」

教本と題された一冊の本を発見する。

「教本といっても、色々とあるだろうし……」

僕は、期待することなく手に取った本を開く。

「これって教本なのかな？　教本っていうよりメモ帳のような感じがするけど」

すると、本に書かれていたのは多くの走り書きで、求めていた教本とは趣が違うようだった。

「だけど面白いかも」

とはいえ、書かれている内容自体は興味深い。例えば――

『魔法とは自由なものだ。故に固定観念に囚われる必要はない』とか。

『才能という名の――素養という毒に溺れるな。それは自らを型にはめる行為だ』とか。

『素養がないからと嘆く必要はない。ないからこそ思い描ける魔法がある筈《はず》だ』とか。

魔法に対する向き合い方などが多く記されており、その熱意の感じられる言葉たちは妙に僕の胸に響いた。

そして何よりも僕の胸に響いたのは――

『魔法というものは人を豊かにする一方で、人を傷つける為にも用いられる。

だからこそ真摯に向き合え。力に溺れ、欲に溺れるような真似《まね》をするな。

元来魔法というものは、誰かの幸せを願った誰かの祈りなのだから』

そのような温かみのある言葉で、何故かメーテを彷彿《ほうふつ》とさせる言葉だった。

「真摯に向き合えか……」

まるで、メーテに叱られたような気がした僕は、手にしていた教本をパタンと閉じる。

「だとしたら、今の僕に魔法を扱う資格はないや……」

続けて、そう呟《つぶや》くと反省する。

なにせ、メーテとの約束を破ってまで書斎に忍び込んでしまったのだ。

それは「真摯」という言葉から大きくかけ離れた行為で、そのような行為に及んだ僕に魔法を扱う資格などある筈がない。

「魔法を扱えるようになりたいけど……」

正直に言うのであれば、それが紛れもない僕の本心だ。

だが、その本心に従ってしまった場合、自己嫌悪や後悔、罪悪感が付きまとうことになるのだろう。

「そうだよね……こんなやり方じゃ駄目だよね」

僕は、自分にそう言い聞かせると改めて反省する。

そして――

「気付かせてくれてありがとう」

手にしていた教本に感謝の言葉を伝えると、元の場所へと戻して書斎を後にした。

そうしてリビングに戻った僕は、本棚から一冊の本を選んで読み始める。

どうやら、騎士の奮闘を描いた冒険譚《ぼうけんたん》らしいのだが……読み始めて十数頁《ページ》だろうか？

「あんまり面白くないかも……」

冒険譚というよりは自叙伝といった感じで、あまりにもくどい自分語りに辟易《へきえき》としてしまう。

とはいえ、読み進めていけば面白くなる可能性だって残されている。

そう考えた僕は、我慢して読み続けることにしたのだが……

「そっか、メーテも面白くないと思ったんだ」

まるで降参の意思を示すかのように古びたしおりが挟まれており、それを感じ取った僕は思わず笑い声を溢《こぼ》してしまった。

「じゃあ、僕も降参してもいいよね？」

続けて苦笑いを溢した僕は、この自叙伝を本棚へ戻すことを決める。

「あっ――」

が、本を閉じようとした拍子にしおりを床へと落としてしまう。

「ちゃんと元に戻さないとね。もしかしたら続きを読むかも知れないし」

まあ、そのような「もしかしたら」は訪れないかも。

などと思いながらもしおりを拾い上げ、元の頁に戻そうとしたのだが――

「ん？　何か書いてある？　魔術符……【風刃】？」

しおりに記されていた文字を読んだ瞬間、僕の身体に異変が起きる。

「あ、が……かひゅ……」

口から零《こぼ》れ出たのは少量の血液。

加えて感じたのは、身体の中から体力以外の何かが抜けていくような感覚だった。

「な、なにが起きて……」

その疑問に答えを出す余裕などない。

今度は、身体の中で風船が膨れ上がっていくような感覚を覚えていたからだ。

そしてその感覚が臨界点へと達した。そう理解した瞬間――

「あぎっ⁉」

右腕に鋭い痛みが走る。

「き、切られた？　な、何に？」

痛みを感じた右腕を見れば、刃物で裂かれたような傷口ができていることが分かる。

更に傷口を注視すると、血に濡《ぬ》れた白い何かが覗いていることが分かり――

「ほ、骨が見えて……ぐうううッ」

それが自分の骨だと認識した瞬間、僕は途端に激痛を感じ始めてしまう。

だが、その痛みは始まりでしかない。

「ぐっ!?　いぎぃ!?」

見えない刃《やいば》は、僕の身体を容赦なく切り刻み始める。

腕を、脚を、胴を裂き、ドクドクと流れだす血液。

僕は激痛に耐えながら、声を絞り出して助けを求める。

「だ、誰か……助けて……」

だが、耐え難い激痛というものは、大声を絞り出す余力すら奪ってしまうのだろう。

絞り出した声は非常に頼りないもので、助けを求めるにはあまりにもか細い声だった。

「誰か……」

血を流し過ぎた所為《せい》だろうか？

足から力が抜け、自分が作った血溜《ちだ》まりの中へと崩れ落ちる。

「父さん……母さん……憂《ゆう》……助けて……」

崩れ落ちると同時に浮かんだのは家族の顔で、居る筈のない家族に助けを求めてしまう。

それと同時に、段々とぼやけ薄れていく意識。

『死にたくないな……』

死が間近に迫っているのだと悟った僕は、胸の内で生きたいと願うのだが……

『ああ、きっとこれは罰なんだ……メーテとウルフを信じ抜くことができなかった……臆病な僕に対しての……』

その一方で、この痛みを罰として受け入れ始めている自分がいた。

だからだろう。

『それなら仕方ないか……』

諦めと納得が入り混じったような感情が胸の内を満たしてしまう。

そして――

『だったら……この罰を受け入れよう』

そのように考えるのだが僕の口から出たのはまったく別の言葉で。

「メーテ……ウルフ……助けて……」

その瞬間――

「アルッ！」

玄関の扉が勢いよく開き、メーテの声が室内に響き渡った。

「ちいッ！　妙な魔力反応の正体は魔力暴走か！」

メーテは血塗《ちまみ》れの僕の元へと駆けつける。

「大丈夫だ！　もう大丈夫だからな」

続けて、安心する声色で言い聞かせると、一つの躊躇《ちゅうちょ》もなく僕を胸に抱きしめた。

「安心してゆっくりと深呼吸をしろ。ほら、もう痛くないだろ？」

メーテが言うように、抱きしめられた瞬間から痛みは薄れ始めていた。

メーテが抱きしめると同時に、淡い光が僕の傷を癒《いや》してくれていたからだ。

「何故《なぜ》こんな場所に魔術符が？　そうか……魔術符に触れてしまった所為で魔力が暴走してしまったのか……だが、もう大丈夫だ。私がいる。メーテが居るから安心しろ。ほら、もう一度ゆっくりと息を吸って吐くんだ」

僕は言われたとおりにゆっくりと息を吐く。

すると、膨らんでいた風船から空気が抜けるような感覚を覚え、それと同時に、僕を切りつけていた見えない刃が、頬《ほお》を撫《な》でるそよ風へと変わっていった。

「どうやら、落ち着いたようだな？」

メーテは優しく微笑《ほほえ》むと僕の頭を優しく撫で、撫でられた僕は安堵《あんど》の息を漏らす。

そして、もう一度深呼吸をした僕は、助けてもらったお礼を言う為《ため》に、メーテの胸から顔を上げるのだが――

「……メ、メーテ？　血が、それに髪の毛が……」

そんな僕の目に飛び込んで来たのは、真っ白な肌を赤く染め、美しい銀髪をバッサリと失ったメーテの姿だった。

「ああ、咄嗟《とっさ》のことだったから結界を張るどころか身体強化すら忘れてしまっていたよ。まあ、こんな切り傷なんざ魔法でどうとでもなるし、髪の毛は少し残念だが……放っておけばいずれ伸びるさ。それよりもアルは大事ないか？」

「ぼ、僕は……」

僕はメーテの質問に「大丈夫」と返そうとする。

「ひぐっ……」

だが、そう伝えようとした瞬間、途端に涙が溢《あふ》れ出てきてしまう。

裂かれた傷口が痛かったからではない、メーテの愛情が痛いほど伝わってきたからだ。

「うぐっ……ひぐっ」

「……」

泣き出した僕に対してメーテは言葉を掛けない。

ただ無言のまま僕を抱きしめると、母親が子供をあやすかのように背中をポンポンと叩《たた》く。

その傍《そば》にはウルフが居て、やはり無言のまま僕の左手をぺろりと舐《な》めるのだった。


翌日。

「おはよう……メーテ」

「ああ、おはようアル」

眠りから覚めた僕の目に映ったのは、銀髪を肩で切り揃《そろ》えたメーテの姿だった。

僕はベッドから身体《からだ》を起こす。

「ごめんなさい……僕の所為で髪の毛が……」

「昨日も気にするなと伝えただろ？　それに、たまにはこういった髪型も悪くない。どうだ？　なかなか似合うだろ？」

「うん――凄く似合ってる」

実際その髪型は――ボブカットのような髪型はメーテにとても似合っていた。

ザックリと切り落とされてしまった所為で所々不揃いな箇所が見受けられたが、無造作に分類される程度の不揃いで、逆に新たな魅力をメーテから引き出していたからだ。

とはいえ、似合っているにしても、僕の責任であることに変わりはない。

「メーテ……」

僕はメーテの顔を正面から見つめると、改めて謝罪の言葉を伝えようとする。

「それはそうと！　すまなかったアル！　わ、私が魔術符をしおりとして使用したばかりにアルに痛い思いをさせてしまった！　本当に、本当にすまなかった！」

だが、続ける筈《はず》の言葉は、メーテの謝罪によって遮られてしまう。

「な、なんでメーテが？　魔術符？」

予想外の謝罪を聞かされたことにより、僕は思わずとぼけた質問をしてしまう。

対してメーテは、申し訳なさそうに下唇を噛《か》むと一枚の紙を取り出した。

「アルが読んでいた本にこのような符が挟まっていただろ？　これは【魔術符】と呼ばれるもので、魔法が収められた【魔道具】の一種なのだよ」

「魔法が……収められた魔道具？」

「ああ、収められ魔法は符によって様々ではあるのだが、少量の魔力を流す、或《ある》いは符に記された文字を読み上げる。たったそれだけの手順で、子供でも特定の魔法を扱うことができてしまうのが魔術符と呼ばれる魔道具だ」

メーテは説明を続ける。

「とはいえ、子供が扱おうと魔力を暴走させてしまうような魔術符は一般的ではない。一般的ではないのだが……私の作であったことが災いしたのだろうな。アルでは扱いきることができず、あのような事態を招いてしまったという訳だ。魔道具の管理は徹底していたつもりなのだが、まさか本に挟んだまま忘れていたとはな……いや、そんなものはただの言い訳か。これは間違いなく私の責任であり落ち度だ。だからアル、本当にすまなかった」

そして、謝罪の言葉で話を締《し》め括《くく》ったメーテは深々と頭を下げた。

「メーテ……」

僕は、頭を下げたメーテに対して、どのような言葉を掛けて良いのか分からず、言葉を詰まらせてしまう。

しかし、それも数秒にも満たない僅かな時間で――

「メーテが謝る必要なんて一つもないよ」

僕は頭を下げるメーテの手を握りながら、謝罪の必要などないことを伝える。

「じ、実はメーテに話しておきたいことがあるんだ」

そして覚悟を決める。震えそうになる声を必死に抑えながら。

たとえ、どのような結末が待っていようと受け入れてみせる。そう言い聞かせながら。

「ど、どうしたんだアル？　急にあらたまって……」

「えっとね……」

だが、幾ら覚悟を決めたからといって、抱いていた不安が取り除かれる訳ではない。

現に手のひらにはじっとりと汗が滲《にじ》んでいるし、心臓は痛いほどに脈打っている。

このままだと破裂してしまうのではないか？　そんな馬鹿げた錯覚をしてしまう程にだ。

「すぅー……はぁー……」

僕は、脈を整えるようにして大きく息を吸い、大きく息を吐く。

「ぼ、僕は――」

そして、改めて覚悟を決めると――

「僕は……転生しているんだ……」

声を震わせながら、隠していた真実を打ち明けた。

その瞬間、場が沈黙に包まれる。

それは一秒二秒――何十秒とも、何分とも錯覚してしまうような沈黙だった。

が、その沈黙はメーテによって破られる。

「ふむ、言葉から察するに、生が転ぶ……いや、生が廻《めぐ》り新たな生を授かったということか？」

「う、うん……」

意図せず声が震える。

それを整える為に唾を飲み込みそうになるが、同時に言葉さえも飲み込んでしまいそうだったので、僕は震えた声のままに話を続ける。

「メーテが言うように、新たな生を……ぼ、僕は、前世の記憶を持ったままこの世界に生を授かったんだ」

「ほう、前世の記憶をか？　加えて『この世界』と言ったな？　つまりは別の世界の記憶を持って転生したということで相違ないか？」

メーテの目が細まる。

「うん。だから……だから僕は、見た目どおりの子供じゃないんだ……」

「ふむ、別の世界というのが気になるところではあるが……一先《ひとま》ず置いておくとしよう。して、見た目と精神に齟齬《そご》があるということだが、だとしたら幾つなんだ？」

「十七歳くらいだと思う……」

「ほう、十七か」

心臓がバクバクと騒音を鳴らす。

あまりにも鼓動が高鳴り過ぎて、もはや吐き気を催すほどだ。

子供の戯言《たわごと》と考えているのか？　それとも事実として受け止めているのか？

それすら知り得ない僕は、溜《た》まっていた唾液でゴクリと喉を鳴らす。

対して、メーテは逡巡《しゅんじゅん》するように宙を眺めており、僕は、その逡巡が早く終わって欲しいような。永遠に続いて欲しいような。複雑な想《おも》いに駆られてしまう。

「ふむ、成程な」

が、そのような想いに駆られていると、メーテの視線が僕の顔へと向けられる。

胸が痛い、吐き気が凄《すご》い、足が震える。

僕は、僕を襲う感覚にどうにか耐えながら、次に告げられる言葉を待つ。

これで終わりかも知れない。

これがメーテとウルフと居られる最後の時間かも知れない。

そんな不安を覚えながら、メーテの口が再び開くのを待っていると――

「と、いうことらしいがお前は信じるか？」

「信じるわよ？　だってアルがそう言っているんだもの」

メーテが口を開き、それと同時に黒髪の女性が扉の向こうから姿を見せる。

「そうか、話は聞いていたのだろ？」

「ええ、扉の向こうでシッカリとね」

「……忘れていた訳ではないぞ？　呼び込む機会を逃してしまってだな……」

「あら、私は『忘れてた？』なんて聞いてないわよ？」

そのような会話を交わすと、少し不貞腐《ふてくさ》れたような表情を見せる黒髪の女性。

そんな女性の頭を見れば、三角の獣耳がのっかっており、少し視線を落とせば、身体の後ろでフサフサと尻尾が揺れていることが分かる。

本来であれば、見知らぬ女性の登場に驚き、世に言う、獣人との遭遇に戸惑う場面なのだろう。

「ウルフ……だよね？」

だが、自然と零《こぼ》れたのはウルフの名前で、僕がそう尋ねた瞬間――

「せいか～い」

ウルフは微笑みながら僕の頭をポンポンと撫でた。

「くっくっ、【人化の法】を使用してまで看病した甲斐《かい》があったな？」

「それはそうなんだけど……アルの驚く顔が見たかったから少し複雑よね？」

「一瞬でばれてしまったからな。が、嬉しさの方が勝っているんだろ？」

「姿が違うのに私の名前を呼んでくれたのよ？　嬉《うれ》しいに決まってるじゃない」

穏やかな表情で会話を交わすと、ウルフはもう一度僕の頭を撫《な》でる。

僕はそんなウルフから、薬草や本の匂いが混ざった「家」の匂いを感じると、改めてウルフであることを実感し、張り詰めていた何かを僅かに緩めてしまう。

「して、アルは転生したらしいのだが……それを聞いたウルフはどうするつもりだ？」

が、それも僅かな時間でしかなく、メーテの一言によって、ピンと張り直すことになる。

「どうって……どうもしないわよ？　だってアルはアルでしょ？」

「くっくっ。お前ならそう言うと思ってたよ」

「え……」

しかし、聞こえてきたのは予想外の会話で、僕は呆《ほう》けた声を思わず漏らす。

「で、でも！　僕は二人を騙《だま》していたんだよ⁉」

「騙す？　何をだ？」

「何って！　僕は転生者で……見た目どおりの子供じゃないから……」

「ああ、アルはそこを気に掛けているのか」

メーテはそう言うと、少し言い辛《づら》そうな表情を浮かべながら口を開く。

「あまり歳《とし》には触れたくないんだが……まあ、仕方なしか……では、質問しよう。アルは私を幾つだと思っている？」

「え？　えっと……二十代半ばかと……」

「では、次の質問だ。ウルフは——今は人化している訳だが幾つに見える？」

「えっと、やっぱり二十代半ばに見えるかな……」

「そう見えるだろ？　だが、それは大きな間違いだ。私の年齢は三百を越えているし、ウルフも——確か百は越えているよな？」

「忘れちゃったけど、百と少しくらいかしらね？」

「だそうだ。それでアル。私たちはアルを騙していることになるのか？」

「ね、年齢に驚いたのは確かだけど……だ、騙してなんかいないよ！」

「そうか、なら同じだな。私も驚いたのは確かだが、アルが騙していたなどとは思っていない」

「だ、だとしても……」

　メーテは聞き分けのない子に向けるような苦笑いを浮かべると、僕の頭にポンと手を置く。

「そもそもの話、この世界にはエルフやドワーフ、それに巨人族や魔族といった長寿種が存在することはアルも知っているだろ？」

「う、うん……本で読んだことがあるから」

「知っているなら、人を判断するのに見た目が参考にならないことも分かるだろ？　まあ、見た目と年齢に差異がない人族などは見た目で人を判断するのも確かだが、私たちからしたらアルの精神年齢など誤差の範囲でしかない。そうだよなウルフ？」

「ええ、糞《くそ》みたいなものよね？」

「お前……お前はもう少し慎《つつ》ましい表現というものができないのか？」

「メーテのお胸のように？」

「……まあ、ウルフは後で躾《しつ》けるとして。要は私たちからしたら些細《ささい》な問題という訳だな。むしろ、アルの物覚えの良さや聞き分けの良さ——そして、私たちに対して何処《どこ》か遠慮がちであった理由が分かり合点がいったよ」

「だ、だけど……それでも……」

僕は続ける言葉を見つけることができなかった。

何故《なぜ》なら——こんな僕を受け入れてくれたのだと実感してしまったからだ。

「僕は……僕は……」

本当なら、素直に喜ぶべきなのだろう。きっと、それが正しい反応だ。

そう理解している筈《はず》なのに続ける言葉を——自分を責める為《ため》の言葉を探してしまう。

恐らく、僕は罰を求めてしまっているのだ。

今まで二人を欺き、騙してきたことに対する相応の罰を。

そして、そのような考えに囚《とら》われていると——

「いたっ⁉」

拳を作ったメーテに、ゴツンと拳骨《げんこつ》を落とされてしまう。

「まったく……アルは大袈裟《おおげさ》に考えすぎだ。人に言えない秘密など誰もが持ち合わせているものだろうが？　当然、私にだって秘密はあるぞ？　それにだ。私はこの目で見て、この頭で考え、この胸で感じ、アルという一人の人間と接してきた。一人の人間として接してきたからこそ、今も私の想いは揺らぐことはないのだよ」

「揺らぐことは……ない？」

「ああ、たとえ子供だろうが大人だろうが、アルの根本にあるのは優しさだからな。現に、隠しておけば良かった事実をこうして打ち明けてくれた。聡《さと》いアルのことだから最悪の状況も想定していた筈だ。それなのに打ち明けてくれたのは、騙し続けることに対する罪悪感ゆえ——なのかも知れないが、突きつめてしまえば私たちを思う優しさを持ち合わせているからだ」

僕は無言のまま、ギュッと唇を噛《か》みしめる。

「私はそんなアルの優しさを知っている。だからアル、もう気に病む必要はない。打ち明けられた今もアルはアルでしかなく、私たちの想いが変わることはないのだからな」

「ええ、私たちの気持ちは変わらないわ。だからアル――そんな辛そうな顔しなくていいのよ？」

そう言ったウルフは僕の肩にそっと手を置き、メーテは僕の髪の毛をクシャクシャと撫でる。

そして、そんな二人の表情を見れば、いつもと変わらない優しい微笑《ほほえ》みを浮かべており

――


「僕は……僕はずっと怖かった……怖かったんだ！」

気が付けば、心に溜め込んでいたものを吐き出していた。

知らない世界に赤ん坊として転生していたこと。

この世界の両親に捨てられたのであろうこと。

言葉も碌《ろく》に理解できず、身体《からだ》も自由に動かせなかったこと。

考える時間だけは無駄にあって、悪い想像ばかりに費やしていたこと。

もう二度と前世の家族や友人に会えないのであろうこと。

転生者だと知られたら、気味悪がられて捨てられるかも知れないと思ったこと。

転生者だと知られたら、二人を落胆させてしまうと考えたこと。

二人からの愛情を感じていたのに、臆病で信じ抜くことができなかったこと。

僕は全部吐き出した。それと同時に、僕の目からはぼろぼろと涙が溢《あふ》れ出ていた。

「そうか……苦しかったな」

「ええ、辛かったわよね」

僕の話は順序立てがめちゃくちゃだし、涙声も相俟《あいま》って理解し辛かったに違いない。

それでも、時には声を掛け、時には頷《うなず》きながら二人は耳を傾けてくれた。

そして、僕が一通り話を終えると――

「そうか……アルは知っていたのだな。自分が捨て子であることも、私と血の繋《つな》がりがないことも」

そう言ったメーテは、僕との距離を一歩詰める。

僕の顔は、きっと涙と鼻水でぐちゃぐちゃになっているのだろう。

だというのに、メーテは気にする素振りも無く、僕の顔を胸元へと引き寄せた。

「苦しかったわよね……」

ウルフの声が聞こえると同時に、僕の右手を温かな体温がギュッと握る。

メーテとウルフの体温を感じた僕は、再び目を潤ませ始めてしまう。

「本当に悩んだのだろう。本当に不安だったのだろう。だが、もう不安に感じる必要はない。今は私とウルフが居る。悩むのであれば私に相談しろ。不安があるならウルフに笑い飛ばしてもらえ」

だが、これ以上メーテの服を汚しては駄目だ。

そのように考えた僕は、溢《あふ》れそうになる涙を必死になって堪《こら》える。

「だからアル――これからは一人で抱え込むような真似《まね》をするな。そんな他人行儀な真似などする必要はない。何故なら――」

必死になって堪えるのだが……

「私たちは家族だろ？」

「ひぐっ……うぐっ……ううっ」

結局は溢れさせてしまい、僕は涙と鼻水でメーテの胸元を汚してしまう。

そして、泣きじゃくる僕の頭を、手のひらを――

「泣きたい時は思いっきり泣くといい」

「ええ、ここにはそれを笑う人なんていないんだから」

温かな体温が――異世界での家族が優しく撫でるのだった。

第四章　小さなサーカス

それは、異世界の家族ができてから数週間が経過した日のことだった。

「ところでアル。アルは魔法というものに興味はないか？」

朝食を終え、紅茶で喉を潤していたメーテに尋ねられる。

「魔法に興味……」

僕は、その質問に対して言葉を詰まらせてしまう。

何故なら、短くなってしまった銀髪が僕の目に映ったからだ。

「ん？　興味ないのか？」

「興味は……」

正直、興味が有るか無いかでいえば、興味が有るというのが本音だ。

とはいえ、魔法によってメーテを傷つけてしまった。という事実が尾を引いている。

その為、僕は言葉を詰まらせたまま、無言の時間を作ってしまうのだが……

「そうか。傷つけることが怖いか」

メーテは、無言という反応から内心を見透かしてみせる。

続けて、「アルは優しいからな」と、付け加えてから紅茶を一口だけ啜《すす》ったメーテ。

その言葉を聞いた僕は、魔法を学ぶ機会が遠ざかってしまったのだと確信し、少しだけ肩を落としてしまう。

しかし、それを気取られてはいけないと思い、紅茶へと手を伸ばして二個目の砂糖を溶かし始めていると――

「とはいえ……魔法が恐ろしいものだと認識されてしまうのはちと寂しいな」

メーテの独り言が耳へと届く。

「まあ、それも間違いではないのだが……ふむ、アルには別の側面があることを教えてやる必要があるのかも知れないな」

眉根に皺《しわ》を寄せながら、何やらブツブツと呟き続けるメーテ。

そうしている内に、なにやら妙案が浮かんだようで。

「よし、アルに面白いものを見せてやろうじゃないか！」

メーテは悪戯《いたずら》げな笑みを浮かべると、僕の手を引いて庭へと連れ出した。

「今日も空が青いな～」

庭に出ると陽光が顔を照らし、空を仰いだ僕は思わず目を細めてしまう。

「ああ、もうすぐ芽吹きの季節だしな。お陽様《ひ》も頑張ってくれているのだろう」

「うん、そうかも知れないね。ところで、どうして庭に出る必要があったの？」

「それはだな――」

メーテは先程のような悪戯げな表情を見せる。

続けて「こほん」と、小さく咳払《せきばら》いをすると――

「ようこそ、小さなお客様。本日はメーテとウルフによる魔法劇に足を運んで頂き、誠にありがとうございます。まずは感謝の印としてこちらを」

メーテは手のひらに銀細工？の猫を生み出し、それを僕に手渡した。

メーテはピョンと後方へと跳ぶと、両の手のひらを肩の高さで広げる。

「では、まずはこちらをご覧下さい」

そう言ったメーテの指先に赤、青、黄――色とりどりの光球が灯《と》も り始める。

メーテはそれをシャッフルするかのように動かすと、今度はお手玉遊びをするかのように宙へと放り投げた。

「お次はこちらです。ウルフ」

「は〜い」

色とりどりの光球が、メーテとウルフの間で飛び交う。

が、それだけではない、時には後方を向きながら、時に失敗する振りを交えながら、色とりどりの光球を中空で踊らせる。

そして、その光球は徐々に大きく、一抱えほどある塊へと姿を変えていき——

「ウルフ、二割だ」

「二割ね」

ウルフによって蹴りあげられた光球は、晴れ渡った空に極彩色の花を咲かせることになった。

「さて、お次の演目は——」

その後も様々な演目が披露された。

狼《おおかみ》の姿に戻ったウルフによる火の輪潜《くぐ》りや、メーテによる土人形を用いた演劇など。

どの演目も愉快なうえ幻想的なもので——

「ははっ——凄《すご》い！」

心を躍らされた僕は、自然と声を上げ、笑みを溢《こぼ》していた。

「名残惜しくはありますが、これが最後の演目になります」

が、楽しい時間はあっと言う間に過ぎるもので、最後の演目を迎えてしまう。

僕は、それを残念に感じながらも最後に行われる演目に対して胸を高鳴らせる。

「今日が快晴で良かったよ」

メーテはそう言って笑うと、パチンと指を鳴らす。

すると、水滴が——霧に近い細かな水の粒が噴水のように噴き上がり——

「虹だ……」

そこに映し出された幾つもの虹を見た僕は、思わず感嘆の声を漏らすこととなった。

「これにて閉幕と致します——それで、どうだったアル？　楽しんでもらえたかな？」

「す、凄く楽しかったし感動したよ！」

メーテに尋ねられた僕は、興奮気味に正直な感想を伝える。

「そうか、では魔法に興味は持ったか？」

「そ、それは……」

しかし、続けてそう尋ねられるとギクリとして、僕は返答を詰まらせてしまう。

その為《ため》、僅かな沈黙が流れてしまうのだが、そんな僕を見兼ねたのだろう。

メーテは優しく微笑むと、僕の返答を待たずに口を開いた。

「まあ、随分と怖い思いをしたし、痛い思いもしたからな……アルが魔法に対して恐れを抱くのも当然のことだ。だから無理強いはしないさ。とはいえ、恐れを抱く原因は私の管理不足にある。原因を作ってしまった私としては——勝手な言い分かも知れないが、魔法の恐ろしい一面だけを見て判断してもらいたくはなかったんだよ」

「一面だけを……」

「ああ、魔法には人を傷つけてしまうという一面が確かにある。が、それは他の多くの物にもいえることだ。例えばそこに落ちている枝、この枝であっても、やりようによっては人を殺傷することだって可能だ。しかし、火にくべれば温かい料理を作る手助けをしてくれるし、暖炉にくべれば温かな空間を提供する為に一役買ってくれる。要は心の持ちようであり、結局は扱い方次第だ。刃物であろうと魔法であろうと、人を傷つける側面もあれば、人を喜ばせる側面もある。だからこそ、一つの側面だけ見て判断するのではなく、もう一つの側面を見てから魔法というものを判断してもらいたかったんだ。魔法には人を喜ばせる一面があることを知ってもらいたかったのだよ」

メーテは「ん、ある意味これも無理強いか？」と付け加えると、バツが悪そうに苦笑いを溢す。

そして、そんなメーテの話に耳を傾けていた僕なのだが——

「えっと……ちゃんと魔法を覚えたらメーテを傷つけずに済むかな？」

気が付けば、そのような質問を口にしていた。

「——ああ、そうならないように基礎から魔法を教えてやろう」

そう答えると、何処《どこ》か満足げに頬《ほお》を緩めるメーテ。

「そっか……」

対して僕は、少しだけ頬を強張《こわば》らせると。

「僕に……僕に魔法を教えて下さい！」

魔法を学びたいという本音をメーテに伝え――

「ええ、お客様の仰せのままに」

伝えられたメーテは、笑顔を浮かべながら道化然としたお辞儀を披露するのだった。

第五章　魔法が傍《そば》にある日々

あれから一年ほどが経過し、異世界生活も五年目を迎えようとしていた。

五年目を迎えようとしていたのだが……この一年間は結構な地獄であったと断言できる。

あの日――僕が教えを頼んだ日から、メーテとウルフによる魔法の授業が行われるようになった。

憧れであり、念願だった魔法を教えてもらえることになったのだ。

僕は当然のように喜んだし、これから魔法を覚えていくことに対して胸を高鳴らせた。

加えて張り切りもした。もの凄く張り切ったのだが……それが宜《よろ》しくなかった。

授業初日、僕は五大属性魔法と呼ばれるものについて教えられた。

「――それでだ。【風】【火】【土】【雷】【水】。この五つの属性を五大属性と呼び、魔法を習得していくうえで基礎となるものであると断言できる。故に、基本五属性などと呼ばれることも多い訳だが……まあ、長々とした説明を聞くよりも実際に魔法を体感した方が早いかも知れんな。と、いうことで早速実技に移ろうと思うのだが、まず初めに伝えておきたいのは、魔法とは想像し、創造するということだ。が、全くの無、全くの無知から想像は生まれない。従って、まずは火を灯すという感覚を知ることから始めてもらおう」

そうして渡されたのは火打石だった。

「そう！　もっと強く！　角度をつけるんだ！」

どうやら、火を灯す感覚を覚えることで魔法を使用する感覚に転換する。と、いうことらしいのだが、火打石など使用したことのない僕にとっては、たとえ、火が着いたとしてもいまいちピンとこない感覚のように思えてしまった。

「想像か……もしかしてこれでもいけるのかな？」

従って僕は、火打石よりも馴染《なじ》みのある道具――マッチを思い描き、擦った時の感覚を思い出し始める。

「指先がマッチで……手のひらがマッチの箱で……」

そんなイメージを頭に浮かべ、感覚を思い出しながら手のひらに指を擦ってみると――

「あっ、できた」

「は？」

「わふ？」

僕の指先に小さいながらも炎が灯ることになった。

「ほ、ほほう……まさか一発で成功させるとはな……だが！　次はそう簡単にはいくまい！　次は水属性魔法だ！」

メーテは、若干狼狽《うろた》えた様子で次の課題を課す。

「あっ、できたよ！　見てよメーテ！」

「お、おう」

だが、僕は前世の記憶をなぞることで水属性魔法を成功させてしまう。

それは他の五大属性魔法でも同様だった。

「な、なんとも教え甲斐《がい》のない……」

「わふん……」

その結果、メーテはいじけるようにして小枝で落書きを始めてしまい、ウルフは肉球で蟻《あり》を潰し始めてしまう。

「え、えっと……メーテ？　ウルフ？」

僕は、そんな二人を見て申し訳ない気持ちに駆られてしまい、どうにかして機嫌を直してもらおうと考える。

「せ、先生たちは教えるのが上手だな〜。お、おかげで魔法を使うことができたよ〜」

考えた末に捻《ひね》り出したのは、単純なご機嫌とりであったのだが、どうやらこれが効果覿《こうかてき》面《めん》だったようで……

「……ほうほう、せんせーとな？　して、せんせーの教えが良かったと？」

「わふ、わっふん？」

二人は胸を張り、満更でもない表情を浮かべ始める。

そして、これが地獄の始まり——その切っ掛けとなってしまったのだろう。

「くふふっ……せんせーか！　ならば、アルのせんせーとして恥ずかしい授業はできんな⁉　なぁウルフ⁉」

「わおおおおおおおおん！」

二人は妙に張り切ってしまい、地獄の日々が始まってしまったという訳だ。


そして現在——

「お疲れ様〜、走り込みは終わったみたいね？　じゃあ、次は腕立て伏せを五十回、腹筋を五十回、屈伸を五十回、背筋を五十回だからね〜」

「は、はい！　ウルフ先生！」

「ウルフせんせー……わふふっ」

「アル、体力を残すように調整するんだぞ？　午後からは五大属性魔法の復習。その後、魔力が枯渇するまで火属性魔法を使用することになるのだからな」

「は、はい！　メーテ先生！」

「メーテせんせー……くふふっ」

僕は、現在進行形で地獄のような日々を送っている。

とはいえ、そのような日々があったからだろう。

僕は初級魔法と呼ばれるものをある程度習得し、随分と魔法に関する知識も付けることができた。

例えば、魔法には素養――属性に応じた才能と呼べるものがあることを知った。

五大属性以外にも聖属性魔法と闇属性魔法――更には、混合魔法や、精霊魔法が存在するということを学んだ。

素養を持ち合わせているからといって、それに依存してはいけないと教えられた。

ちなみに、僕にも素養が存在するのかを尋ねたことがあるのだが――

「アルの素養か……今はまだ内緒だ」

そう言ったメーテの表情は何処か寂しそうで、拒絶めいたものが含まれていた。

正直、素養の有無よりもメーテの反応の方が気掛かりだったので、理由を尋ねようとも考えたのだが、無理に聞くのも違うように思えて、結局は聞けずに今日の日を迎えてしまっている。

ともあれ、その他にも様々な出来事がありつつも、何処か楽しみながら地獄のような日々を過ごしていたという訳なのだが——

「ウルフ、いったん中断だ。魔物が結界を越えたようだ」

そんな日々に、異物が紛れ込む。

「魔物って、ゴブリンとかオークのこと？」

「この反応からすると……まさしくオークとゴブリンだろうな。数はオークが二、ゴブリンが五といったところか」

その言葉を聞いた僕は、どこか楽観的に捉えていた。

実際、この世界に魔物という存在がいることは理解していた。

理解はしていたが、今まで遭遇した経験がないのだから危機感を覚えようがない。

もはや創作上の生き物で、この世界に魔物なんて生き物は存在しないのではないか？

そのように考え始めている自分がいたのだが……

「ぶおおおおおおおおおッ！」

「ひっ⁉」

豚を絞殺したような——勿論《もちろん》そのような経験はないが、ソレを想像させるような声が周囲に響く。

「い、今の鳴き声は？」

僕の中で、徐々に魔物という存在が輪郭を帯び始める。

それと同時に僕の身体《からだ》は僅かに竦《すく》んでしまったが、なんとか周囲の様子を窺《うかが》う。

すると、右前方——右前方の背の高い木がユサリと揺れた。

「ふむ、どうやら間違いないようだな」

メーテがそう言うと同時に、豚を肥大させたような——人の身体に豚の頭を乗せたような生き物が幹の向こうから顔を覗《のぞ》かせる。

「ぎゃっ！　ぎゃぎゃ！」

続けて雑木林から飛び出してきたのは緑色の肌をした異形だった。

「ほ、本物の魔物……」

僕は思わず後ずさる。

「に、逃げよう！　早く逃げなきゃ！」

続けて、僕はメーテとウルフの手を引くと、慌てて声を荒らげた。

何故《なぜ》なら、魔物が記された図鑑を見て知っていたからだ。

オークが二匹、ゴブリンが五匹ともなれば、小さな村なら壊滅が必至であることを。

「は、早く逃げようよ！」

だからこそ訴え掛ける。

小さな村でさえ壊滅させられてしまうのだ。

女性が二人、子供が一人の結末など想像に易《やす》い。

僕は目の前に落ちていた木の枝を手に取る。

こんな細い木の枝では、なんの役にも立ちはしないだろう。

そう理解してはいるものの、無いよりかは幾らか安心するように思えたからだ。

「メ、メーテ！　ウルフ！」

僕は再び声を荒らげる。

「アル、少し落ち着いたらどうだ？」

「そうよ？　焦っても良いことないわよ？」

が、二人はこのような状況だというのに飄々《ひょうひょう》とした態度だ。

なんで？　この状況で？　なにを考えているの？

幾つかの疑問が浮かぶが答えを出せず、飄々とする二人に対して徐々に苛立《いらだ》ちを覚えてしまう。

「お、お願いだから逃げてよ！」

僕は懇願する。

このままではメーテが。ウルフが。全員が殺されてしまうと確信したからだ。

だというのに、逃げれば助かる可能性があるというのに、二人は逃げる素振りを欠片《かけら》も見せようとしない。

「はッ、はッ……だ、だったら！」

僕は震える手を前方に突き出し、木の枝を中段に構える。

前世の授業で習ったにわか剣道だ。魔物相手に通用する筈《はず》もない。

だが、少しでも時間を稼げるなら——二人が逃げる時間を稼げるのであれば。

そのように考えて僕は木の枝を構えたのだが……

「ところでウルフ、あいつらアルに悲鳴を上げさせたよな？」

「上げさせたわよね～」

「下位の魔物がアルに悲鳴を上げさせるなど許されると思うか？」

「許されないわよね～」

「して、どうする？」

「どうするもなにも魔物は殺すのが常識でしょ？」

「ふむ、正解だ」

なにやら物騒な会話が耳へと届き始める。

そして――

「アル！　これより特別授業を始める！　目を見開いてしっかりと見届けるがいい！」

「まあ、一瞬で終わっちゃうけどね？」

二人はそう言うと、悠々と歩みを進め、魔物の眼前にその身体を晒《さら》す。

「ぶおおおおおおおお!!」

「ぎゃぎゃッ!!」

二人を前にした魔物たちは一斉に奇声を上げる。

僕は呆気《あっけ》にとられた所為《せい》で出遅れてしまったが、その奇声を聞いたことにより慌てて二人の元へ駆け寄ろうとする。

「やかましいぞ阿呆《あほう》が」

が、駆け寄ろうとした瞬間、一匹のゴブリンの頭がボンという音と共に爆《は》ぜた。

「アル！　今使用したのは火属性魔法の【爆炎】だ！　爆発を起こす魔法で魔力量によってその規模が変わる！　このようにな！」

メーテはバチンと指を鳴らす。

すると、右手から迫っていたゴブリンの胸部付近で小規模な爆発が起きる。

「がぎゃ!?」

その爆発により、胸を大きく抉《えぐ》られたゴブリンは大量の喀血《かっけつ》と共に地面へと横たわった。

「覚えておくといい！　同じ魔法でも魔力量によって――魔力の調整によって効果は変わる！　範囲と威力、狙う場所と精密な制御を心掛けろ！　そして次に――」

メーテが手のひらを少しだけ振り上げると、ゴブリンとの間に紫電が走り、周囲を一瞬だけ白く染め上げる。

そして、景色が本来の色を取り戻すと、そこに在ったのはブスブスと口から黒煙を吐き出すゴブリンの姿だった。

「こいつは雷属性の魔法【紫電】！　今のも心臓を狙って放った訳だが、何処《どこ》を狙えば小量の魔力で、かつ効果の高い結果が得られるのかを見極めるのが重要――」

「ぎゃっぎゃぎゃ！」

メーテの言葉を遮るようにして、残ったゴブリン二匹が同時に跳びかかる。

跳びかかった筈だったのだが……

「複数を相手にする場合、このように足止めをしておくのも有効な手段だ」

メーテの視線の先には、氷と岩に足を固定され、身動きの取れなくなった二匹のゴブリンの姿があり、どうにか抜け出そうと必死にもがいている最中であった。

「これは土魔法と水魔法の応用だな。そして、これが風属性魔法の――」

「ちょっと？　メーテばかりずるいわよ？　【風刃】」

ウルフが手のひらを薙《な》ぐと、ゴブリンたちの周囲の雑草がふわりと揺れる。

一瞬だけゴブリンたちの動きが止まるが、風が頬《ほお》を撫でただけと判断したのだろう、拘束を解こうと再度もがき始める。

しかし、もがき始めると同時に――

「げぎゃ？」

ゴブリンの首が、胴からゴロリと転がり落ちる。

恐らく、首を落とされていることに心臓は気付いてないのだろう。

血を送り出す心臓は鼓動を続け、その断面から一定のリズムで血を噴出させていた。

「ふ、ふごおおお？」

数分の内に起きた惨劇。

何もさせてもらえない内に五匹のゴブリンが絶命するという緊急事態に直面し、大した知能が無いオークですらも、危機感を覚えて二の足を踏んでいるように感じられた。

「さて、アルを怖がらせたオークだが……どう料理してやろうか？」

メーテはオークたちへと視線を移すと、僕やウルフに向けることのない視線と声色を向ける。

その声に反応したのであろう二匹のオークはハッとするように目を見開く。

加えて、この緊急事態を打破するには目の前のメーテを殺すしかないと考えたのだろう。

手に持った棍棒《こんぼう》を頭上に掲げ、後は振り下ろすのみ——といった体勢へと移行する。

そして、振り下ろした後の凄惨な光景を想像したのだろうか？

オークたちは鼻を鳴らし、その醜悪な顔面を更に醜悪に歪《ゆが》ませるのだが——

「下卑た笑いは嫌いよ？」

その瞬間、ウルフがオークたちの前へと躍り出る。

ウルフがその場で拳を振り上げ、手の甲を向けて振り下ろすと——

「ぶぴゃ!?」

オークの頭は、まるで地面に落ちた熟れたトマトのように潰れて弾《はじ》けとんだ。

そして残された一匹のオーク。魔物でも恐怖を感じるものなのだろうか？

一歩、二歩と後ずさり、その巨大な身体をぶるぶると震わせ始め、その姿を見た僕は、
僅かな同情心を覚え、目を逸《そ》らしそうになってしまう。

「アル！　目を逸らすな！」

が、メーテから叱咤《しった》の声が届き、僕は肩を跳ねあげることになる。

「残酷だと思うか？」

正直……少しだけ残酷だと思った。

先程までは残酷だと思わなかったのに、震えるオークを見てそう思ってしまったのだ。

メーテは僕の答えを待たずに話を続ける。

「まあ、残酷だと思うのだろうな。が、こと魔物に関しては残酷にならなければならない。アル、そこに転がっているゴブリンの胸元を見てみろ」

僕はゴブリンの胸元へ視線を移す。

すると僕の目に映ったのは……

「装飾品……？」

「ああ、そのとおりだ。こいつら魔物は多少の知恵はあるものの、何かを作り出し、生み出すような知識を持ち合わせていない。喰《く》う、寝る、犯す、大概がその欲求に従って活動している。では、そんなヤツらがどうやって得物や装飾品を得ると思う？」

僕は、転がったゴブリンを注視する。

そのことにより分かったのは、生み出す知識がないというのに、鉄製の剣や、革仕立ての防具を着用しているゴブリンが居るということだった。

とどのつまり――

「人間が……人が犠牲になっている……ってこと？」

「まさにそのとおりだ」

つまりはそういうことだった。

「アル、生き物の命を奪うことは残酷だと私も思うよ。実際、命を尊ぶということは崇高なことだし、その考えが通用する世界が理想だとは思う。だが、そのように世界はできていないのだよ。もしここで、このオークを見逃したらどうなると思う？」

「えっと……人を……襲う？」

「そのとおりだ。それはアルの望むことか？」

「の、望んでない」

「そうか、もう一つ質問だ。見逃したことでアルの大切な人に危害が及ぶとしたら？」

僕は僅かに思い悩む。だが、それは本当に僅かな時間だった。

もし、魔物を見逃したことで、メーテとウルフに危害が及ぶのであれば――

「ぼ、僕は殺すと思う」

僕は、間違いなく魔物を手に掛けるのだろう。

そして、そう伝えた瞬間――

「私も同じだよ」

「ぷぎぃ!?」

メーテの指がパチンと鳴り、オークの胴体は後方の森を飾る額縁となった。

「要するに、私が言いたいのは命の優先順位を間違えるなということだ。先程も言ったとは思うが、命を尊ぶということは否定するべきではない崇高な考えだ。だからこそ、その崇高な考えに溺れてしまいそうになる。が、善意に溺れるな、たとえ否定されようが時には泥を被《かぶ》る勇気を持て、それがこの世に生きる者の業であり定めなのだからな」

僕は、メーテの言葉の意味を半分くらいしか理解することができなかった。

しかし、大切なことを伝えてくれているのは分かっている。

「難しくて全部は理解できないけど……メーテとウルフに危険が及ぶくらいなら、僕は魔物の命を奪うよ」

だからこそ、全てを理解できなかったことと、正直な想《おも》いを伝えたのだが……

「そうか——では、命を奪うことに対しての実感を覚えておく必要があるな」

なんだか雲行きが変わり始める。

「ど、どういうこと」

「命を頂くということだが？」

「た、食べるの⁉」

「こ、こんなもの誰が食べるか！　魔物の体内には【魔石】と呼ばれる器官があって、その魔石を頂くということだ！」

「そ、そういえば図鑑に書かれていたような……た、確か、魔道具に使用したり、換金することもできるんだよね？」

「ああ、そのとおりだ。では、始めるとするか」

「は、始めるってなにを？」

「なにをって、勿論《もちろん》解体だが？」

「な、成程……そ、それじゃあ、僕は見学をしようかな？」

「なにを言っているんだ？　ついさっき実感という話をしたばかりではないか？　さあ、手取り足取り教えてやるからやってみろ」

「ちょっ⁉　メ、メーテ？」

「なにごとも経験だ」

「ま、待って！　待ってってば！」

「アル～頑張って～」

僕の必死の訴えは届かない。

後ろから手を掴《つか》まれ、半ば強制的に魔物の解体をさせられた僕は——

「さ、流石《さすが》に七匹解体させたのはやりすぎたか？　す、すまなかったな」

「気にしないで下さい」

「な、なら、その敬語と、死んだような目をやめてもらえると嬉《うれ》しいのだが……」

「死んだ目ですか？　生きているんだから死んだ目にはなりませんよ？」

「わ、悪かったアル！　お、お願いだからその目をやめてくれ！」

「その目？　その目ってどの目ですか？」

「ひっ!?　わ、悪かった！　本当に悪かったから！」

「メ、メーテが悲鳴上げるのなんて初めて聞いたわね……」

至る所を魔物の血で濡らしながら、死んだ目をして玄関をくぐるのであった。

……そして、その後。

「さっきは悪かったな！　お詫《わ》びとして背中を流しに来てやったぞ！」

「私も来たわよ～」

「ウルフ……何しに来た？」

「背中を流しに来たのよ？　私に流してもらった方がアルも喜ぶと思って」

「……どういう意味かな？」

「アルも男の子だもの。『無』よりも『有』を選ぶってことよ？」

「は？　何だお前？　誰が無だ？　喧嘩《けんか》売っているのか？」

「ちょっ!?　叩《たた》かないでよ！」

「うるさい！　阿呆《あほ》ほど育ちおってからに！」

「ちょっ！　あっ！　無だからって僻《ひが》まないでよ！」

「無って言うな！　少しくらいあるわい！　阿呆が！　阿呆が！　阿呆が！」

「あっ、いやっ！　や、やめてよメーテ！」

「いや、私はやめんぞ！　消滅するまで！　もげるまで叩き続けてやるからな！」

「やだ……この人怖い……」

浴室に反響するベチベチという音を聞きながら、死んだ目をして血と脂を落とし続けるのだった。

第六章　課外授業

魔物との遭遇から数か月。僕たちは森の奥へと足を運んでいた。

「本当、今日は良い天気だよね～」

「ああ、絶好のお出掛け日和というやつだな」

「わっふ！　わっふ！」

そう言った僕たちを照らすのは、葉の隙間から差し込む暖かな陽光。

柔らかく吹いた風は木々の香りを運んでおり、僅かに揺れた枝の上では、小鳥たちが可愛《かわい》らしく音色を奏でている。

「森に入ってからどれくらい経《た》ったかな？」

「陽《ひ》が真上に差しかかろうとしているから二時間くらいだな。ふむ、時間も丁度良いことだし、そこの川辺で涼みながら昼食を取ることにするか」

川辺を指差したメーテの左手には、麦で編まれたバスケット。

そのなかを覗けば、パンやパンにはさむ為《ため》の食材、果物などが入っていることが分かる。

「苔《こけ》に足を取られて転ぶなよ？」

「大丈夫――ッ!?　あ、危なかった～……」

「くっくっ、言わんこっちゃない」

僕は、顔を赤くしながら川辺の石に座ると、腰に提げていた革水筒で喉を潤していく。

「さて、さっそく昼食を作ることにするか」

「あ、僕も手伝うよ」

「ん？　だったらチーズを切ってもらっても良いか？」

「チーズだね。この菓物も千切っておこうか？」

「ああ、頼んだ」

そして、昼食を作り終えた僕たちは、川のせせらぎに癒《いや》されながら。楽しく雑談を交わしながら。舌鼓を打ち始める。

まるで、「穏やかな休日の一幕」と、いった今の状況。

これで今日という一日を終えることができれば本当に幸せなのだが……

「よし、昼食も終えたことだし、ゴブリンを狩りに行くことにするか」

どうやら現実というものは、そうそう甘くはないようだ。

昼食を終えた僕たちは、本来の目的であるゴブリン討伐へと向かう。

向かうのだが……では何故《なぜ》、ゴブリンを討伐する羽目になったかというと──

「結界に魔物が迷い込んだということは……そろそろ間引いておく必要がありそうだな」

「わふ、わっふ？」

「分母が増えれば紛れこむ確率も高くなるだろ？　面倒の種は潰しておこうという話だ」

「わふ、わふん！」

「ほう。確かに、アルに経験を積ませるには良い機会だと言えるな」

「わっふ！　わふわっふ？」

「今のアルでも容易だとは思うのだが……まあ、妥当なのはゴブリンなのだろうな。と、いう訳でアル。アルに課外授業を用意してやろうと思う」

ふむ、どういう訳だろうか？

正直、会話の内容は殆《ほとん》ど分からなかったのだが、そのようなやり取りが行われた結果。二人ではなく、僕が、ゴブリンを討伐する羽目になってしまった。と、いう訳だ。

従って、僕の足取りは僅かに重く、緊張の所為《せい》か思わず溜息《ためいき》を溢《こぼ》してしまうのだが……

「緊張しているのか？　アルが望むのであれば、日を改めても良いんだぞ？」

「だ、大丈夫だよ。やるって言ったのは僕自身だから」

このゴブリン討伐は僕自身が望んだことでもある。

だからこそ僕は、頬《ほお》を叩くことで気持ちを切り替えると、重くなった足取りを前へと運ぶことにした。


そうして、森の奥へ進むこと数十分。

「さて、目的の場所に着いたようだ」

草木の乏しい森の一角――裸岩の丘に辿《たど》り着いたところでメーテは足を止める。

「確か、ゴブリンたちはこの場所を塒《ねぐら》にしていた筈《はず》なのだが……ふむ、どうやら洞窟の奥へと引っ込んでいるみたいだな」

そう言ったメーテの視線の先――僕たちの視線の先には削れた岩肌と、ぽっかりと口を開けた洞窟が存在していた。

「なんか……雰囲気があるところだね……」

洞窟を見た僕は、身体《からだ》をブルリと震わせる。

洞窟から発せられるヒュー、ヒューという風の音が、洞窟の呼吸であるかのような錯覚を覚えてしまったからだ。

が、身体を震わせる僕を他所《よそ》に――

「ほら、さっさと出てこい」

「ちょっ!?」

数発の【爆炎】を、洞窟へと向けて放ったメーテ。

そのことにより、数匹のゴブリンが洞窟から姿を現し始める。

その数は一匹、二匹と増えて行き――

「さ、流石に多くないかな？」

最終的には八匹のゴブリンが姿を見せることとなる。

「それではアル、やってみようか？」

「確認しておきたいんだけど……二、三匹でいいんだよね？」

「いや、全部だが？」

「は、ははは……そっか、全部かぁ……」

中々の無茶《むちゃ》を聞かされた僕は、思わず乾いた笑い声を漏らしてしまう。

正直、討伐という言葉から複数を相手することは予想できていた。

が、八匹というのは流石に予想外であり、乾いた笑みの一つも溢したくなるというものだ。

それに加え、今の僕は心の準備ができていない。

魔物に対する恐怖心も拭えていなければ、命を奪う覚悟すら決め切れていない。

いざ魔物と――人に似た姿のゴブリンと対峙《たいじ》すると、どうしても命を奪うことに対して忌避感を覚えてしまうのだ。

だからだろう。僕の右足が後方の土を踏み、指先は僅かに震えだしてしまうのだが――

「それじゃ駄目だ……ここで引くようじゃ駄目なんだ……」

僕は、右足を元の位置へと戻すと、震えを抑え込むように拳を作る。

何故なら、先日の話を聞いて、魔物という存在が如何《いか》に害悪であるかを理解してしまったから――と、いう理由も勿論《もちろん》あるが、それ以上に願ってしまったからだ。

あの日、魔物を目の当たりにして、何もできない自分が悔しかった。

何もできずに、ただただ二人に守ってもらうだけの自分が情けなかった。

だからこそ、そんな自分を変えたいと僕は願った。

そして、誰かを守ることができる二つの背中に憧れもした。

正直、分かっている。これは分不相応な願いだし、おこがまし過ぎる願いだ。

だが、そう理解したうえで尚《なお》――

「僕は、二人のように――二人を守れるようになりたいから」

強く。そう強く願ってしまったのだ。

従って僕は、恐怖や忌避感、様々な感情を飲み込んで覚悟を決める。

「まずは……一匹目ッ！」

ウルフの授業で鍛えられた僕の脚は、いとも容易《たやす》くゴブリンの懐へと身体を運ぶ。

一瞬で懐へと入られたことに目を見開いたゴブリンは、慌てた様子で得物を振り上げ、僕の脳天へと振り下ろそうとする。

「ふっ！」

だが、ゴブリンがそうするよりも速く、僕は右手に握ったナイフをゴブリンの首で滑らせる。

すると、プツンと皮膚を貫く感触と、ヌメッとした肉を裂く感触。

加えて、骨に引っ掛かるような、削るような感触が右手へと伝わり、その独特な感触に忌避感を覚えてしまう。

が、それに耐えてナイフを振り抜くと、ゴブリンの首がパクリと開き、赤黒い血をドクドクと垂れ流しながら地面へと伏せることになった。

「うぷっ……ふうぅ……」

魔物とはいえ、生き物の命をこの手で奪った。

その事実に加え、人に似た生き物を殺したという事実が、精神的な苦痛を僕に与える。

その所為で昼食を戻しそうになるのだが、それを無理やり嚥下《えんげ》すると別のゴブリンへと視線を向けた。

「次ッ！」

そう声を上げた瞬間、右手からゴブリンが飛びかかり、それをかわした僕は、ゴブリンの胴に遠心力を乗せた蹴りを叩《たた》きこむ。

「げぎゃっ⁉」

その蹴りによって吐血はしたものの致命傷には至らなかったようで、ゴブリンは手の甲で血を拭うと体勢を立て直し、錆《さ》びたナイフを握って再度飛びかかろうとする。

しかし、ダメージ自体は大きかったのだろう。

ゴブリンの動きにキレはなく、隙だらけだった胴体に再び蹴りを叩きこむ。

対して、蹴りを叩き込まれたゴブリンは、血の泡を吹きながら後ずさり、数匹のゴブリンを巻き込んで土煙を上げることになった。

「ぎゃぎゃっ！」

左手から長剣を持ったゴブリンが迫る。

僕はナイフで応戦しようと考えるが、その考えを一瞬で捨てる。

理由は単純で、剣とナイフでは得物としての間合いの差に開きがあるからだ。

「【紫電】！」

従って、僕は魔法を――メーテが教えてくれたように、心臓付近に狙いを定めて紫電を放つ。

「ぎゃひっ⁉」

その一瞬で心臓を焼かれたのであろうゴブリンは、口の端から黒煙を吐きだすと同時に、そのまま地面へと突っ伏して動かなくなった。

「くそッ！」

左手に意識を集中したせいで、右から迫るゴブリンに肉薄される。

振り下ろされた剣をナイフで受け止め、鍔迫《つばぜ》り合《あ》いのような形になるのだが、こいつの他にまだ四匹も残っているのだ。長く時間を割く訳にはいかない。

「できれば楽に殺してあげたいけど……いや、これは偽善か……」

僕は、ゴブリンの膝に脚を置くと、思いっきり体重を掛ける。

体重を掛けられた膝は反対の方向を向き、立っていられなくなったゴブリンの頭部は、腰の高さに置かれる。

「……ふっ！」

「えぎゃ!?」

僕が頭部にナイフを刺すと、ゴブリンはぐるりと白目を剝《む》き、引き抜くと同時に空を仰ぐことになった。

「これで四匹……あと半分か」

そう言った僕は、一度呼吸を落ちつけようと考えて深呼吸をする。

しかし、目に映る惨状と血生臭さの所為で再び戻しそうになり、ゴブリンに対して涙目を向ける羽目になってしまう。

「げぎゃ……げぎゃぎゃ……」

僕とゴブリンの間に張り詰めた空気が流れる。

しかし、その空気は一瞬で——

「ぐぎゃぎゃぎゃぎゃああああッ！」

一匹のゴブリンの叫び声により場の空気は一転する。

叫び声を上げたゴブリンは地面を蹴ると、手に持った棍棒《こんぼう》を、僕の脳天めがけて振り下ろす。

叫び声に驚いてしまったために反応が遅れ、避けるという選択ではなく、ナイフで受け止めるという選択をせざるを得なくなってしまったのだが……それが失敗だった。

どうにか受け止めはしたものの、勢いを殺せなかった所為《せい》でバランスを崩してしまう。

そんな僕の姿を見て、後ろに控えていたゴブリンたちは好機と判断したのか、その瞳に凶悪な光を宿して笑みを浮かべ始める。

「げぎゃ！　げぎゃぎゃ！」

そして、各々が得物を手にして飛びかかる――

「――ッ！　【氷枷《ひょうか》】！」

筈だったのだが、それは叶《かな》わない。

何故《なぜ》なら三匹のゴブリンの足元は氷で固められてしまい、飛びかかるどころか、動くことすらままならない状態へと変わってしまったからだ。

「これで五匹目ッ！」

大きくバランスを崩したものの、落ち着いて対応したことが功を奏したようで、棍棒による追撃をもらうこともなく、ゴブリンの首筋へとナイフをねじ込ませる。

その結果、残されたゴブリンは三匹。

三匹なのだが……残された三匹は碌《ろく》に動くことすらままならない。

必死にもがいてはいるが、恐らく、氷枷から逃れることはできないだろう。

要するに、後は命を奪う作業でしかなく、そう理解してしまったからこそ躊躇《ためら》いを覚える。

「アル」

「大丈夫……分かってる。分かってるから……」

僕は、魔力を練ると指先を横に滑らせる。

放ったのは【水刃】という魔法で、前世のウォータージェットから着想を得た魔法だ。

そして、水刃を放った瞬間──

「これで八匹……」

三匹のゴブリンの首はゴロンと地面に転がることとなった。

その後、魔石の回収を終えた僕たちは、手頃な岩を見つけると息を吐《つ》いた。

「アル、お疲れ様。して、初めての討伐を終えた今の感想は？」

「想像以上に戦えた自分に驚いている。っていうか……少しだけ引いてるかも？」

「まあ、私からすれば当然の結果だと言えるのだが……実力を知る機会がなかったのだから、アルがそう思うのも仕方がないことか。それで、想像以上に戦えたアルは何を思った？」

「正直……少しだけ怖いと思ったかな」

「怖い？」

「うん。僕が理想とする形で身体《からだ》が動いて、僕が想像する形でゴブリンが息絶えて行く。なんて言うのかな……僕のなかで命が希薄になっていくような。そんな感覚を覚えたことが怖かったんだ」

「怖かったか……だとしたら、もう魔物を相手にするのは嫌か？」

「正直に言うと嫌かな？　命を奪う感触っていうのは凄く不快だったし……」

「それならば……」

メーテは、そこまで口にしたところで続く言葉を詰まらせる。

もしかしたら「克服しなければな」とか「無理強いはせんよ」とか、そんな言葉を続けるつもりだったのかも知れない。

ただ、僕のなかで答えは決まっていた。

「それでも、僕は魔物を見つけたらその命を奪うと思うよ。だって、僕には傷つけて欲しくない大切な一人と一匹が居るから」

だからこそ、僕は決まっていた答えをメーテ——そして足元に居るウルフに伝える。

しかし、一人と一匹からしたら意外な言葉だったのだろうか？

メーテは目を丸くし、ウルフは呆《ほう》けた表情で僕のことを見上げる。

が、それも僅かばかりの時間で――

「そうか。ありがとうなアル」

「わっふ！」

「ウルフも『ありがとう』だとさ」

メーテは目を細めながら僕の頭を撫で、ウルフは尻尾を振りながら足に抜け毛をこすりつけた。

「どうやら杞憂《きゆう》だったようだな」

「杞憂？」

「ああ、アルの暮らしていた国では生き死にに関わることが少ないという話だったろ？　対して、この世界は生き死にというものが傍《かたわ》らにある一方、少しばかり希薄だ。その価値観の差を少しでも埋めることができればと思い、課外授業を行うことにした訳なのだが――アルはアルなりに差を埋め、答えまで用意していた。だから杞憂と口にした訳だな」

メーテの話を聞き、課外授業の意図を知った僕は成程と頷《うなず》く。

同時に、僕を思ってのことだと実感すると、思わず頬《ほお》を緩めてしまうのだが――

「して……くふっ、くふふっ、何か格好の良いことを言っていたような気がするな？」

「わふっ、わふふ！」

「そうだそうだ。『二人を守れるようになりたい』だったか？」

　メーテにそう言われたことで、頬の温度が上がっていく感覚を覚えてしまう。

「……わ、笑わないでよ？」

「笑ってはいないさ……くふっ」

「わ、笑ってるじゃん！」

「ち、違うんだ！　これは嬉しくてだな！」

　そう言ったメーテの頬は緩みっぱなしで、まるで説得力がない。

　そして、それはウルフも同様で、僕の顔を見上げながら「わふふっ」という、笑い声のような鳴き声を漏らしている。

「笑いたければ笑えば良いし……」

「すまんすまん。もう笑わないからそう拗《す》ねるな」

　僕は、それが馬鹿にした笑いではないと理解しながらも、照れ臭くてそっぽを向く。

　メーテは、そんな僕に向けていた笑みを別の笑みに変えると――

「私を守るのは大変だぞ？」

　そう言って、僕の頭をクシャクシャと撫《な》でるのだった。

第七章　メーテの提案

初めてのゴブリン討伐を行ってから早数年——異世界生活も九年目を迎えた現在。

「もう降参？　この程度で音を上げているようじゃ私たちみたいになれないわよ？」

「頑張れよアル。私たちを——くふふっ、守れるようになりたいんだろ？」

「くっ、すぐその話を持ち出す……と、兎《と》も角《かく》！　まだやれるよ！」

僕は魔法と体術の授業に没頭する毎日を送っていた。

「とはいえ、この授業にも慣れちゃったみたいね……次はどんな授業にしようかしら？」

「先に言っておくが、手足を縛って川に放り込むような真似《まね》だけは二度とするなよ？」

「でも、そのおかげで流動身体強化を覚えることができたでしょ？」

「だとしてもだ！　あの魔法を覚えるにしたって他にやりようがあるだろうが！」

「んもう、うるさいわね……というか、メーテだって毎日の魔力枯渇を義務付けているじゃない？　あれって脱水症状みたいになるから苦しいのよね～。可哀想《かわいそう》なアル」

「し、仕方なかろう！　内包する魔力を底上げするには魔力枯渇が最適だし、魔素に干渉する為《ため》の路《みち》を拡張するには必須なのだから！」

正直、この数年は中々に常軌を逸した日々だったと断言できる。

まあ、どんな苦行であろうとも、最終的には意味が有ることが分かり納得することができたのだが……それにしたって、苦行が過ぎれば心も折れ掛けるというものだ。

しかし、それでも折れなかったのは、やはり新たな目標ができたからで、少しでも二人に近づきたい。と、いう想《おも》いに突き動かされていたからだ。

従って、僕は魔法というものに傾倒していき、休息日でさえ魔法の練習に費やすようになっていった。なっていったのだが……


「ふぅー……まずは初級魔法の練習から始めるかな【火球】」

少しでも二人に近づきたい。そう思う一方で。

「これだと発動が遅いな……もっと発動を速く、もっと二人みたいに――」

少しも近づけていないことに焦りを覚えていたのだろう。

「えっ⁉　――あがッ⁉」

僕は、扱い慣れている筈《はず》の初級魔法を暴発させてしまう。

「今の音は⁉　アル！　大丈夫か⁉」

玄関から顔を覗《のぞ》かせると、慌てた様子で僕の元へと駆け寄るメーテ。

「は、ははっ……失敗しちゃったみたい」

しかし、暴発といっても手のひらに軽いやけどを負ったくらいだ。

メーテ特製の薬草を貼っておけば、跡すら残らず完治することだろう。

僕はそのように考えると、笑顔を浮かべることでメーテを安心させようとする。

「失敗って……まあ、この程度であればすぐに治るとは思うが……ちなみに、何の魔法を使用して失敗したんだ？」

「えっと、初級魔法の火球かな」

「火球を失敗？　アルがか？」

しかし、メーテの表情は晴れない。それどころか眉を曇らせると——

「アル、今日の夕食後に話がある」

僕の目を見て、そう告げるのだった。


夕食を終え、テーブルの上が片付けられると、紅茶で満たされたカップが三つ置かれる。

メーテは何も入れず、僕とウルフは砂糖と牛乳を入れてから口へと運ぶ。

そして、全員がほぼ同じタイミングでソーサーの上にカップに戻すと——

「アル、最近焦ってはいないか？」

メーテが話を切り出した。

僕はその質問を受けてギクリとしてしまい、返答を詰まらせる。

すると、そんな僕の姿を見て、それが「答えである」と判断したのだろう。

「まあ、そうでもなければアルが初級魔法を失敗する筈などないからな」

メーテは確信したかのような笑みを溢《こぼ》すと、一口だけ紅茶を啜《すす》った。

「して、その原因をアル自身理解しているか？」

「理解……していると思う」

「それは、アルが口にした目標と関係しているか？」

「そ、それは……」

「その反応から察するに関係しているようだな」

「た、確かに関係しているけど……」

「ふむ、焦りの理由が段々と掴めてきたぞ。私たちのようになりたい――守りたいという目標を立てたは良いものの、私たちに追い付く兆しが見えず、焦りを感じてしまった……と、いったところか」

この人は心を読むことができるのだろうか？

内心を容易《たやす》く見透かされた僕は、何ともいえない恥ずかしさを覚えてしまう。

加えてメーテのことだ。きっと恥ずかしがる僕のことを弄《いじ》り始めるに違いない。

僕はそのように考えると、弄られても耐えられるように心の準備を始めるのだが……

「アル、少し私の話を聞いてくれないか？」

「えっ、う、うん」

僕の予想に反して真剣な表情を浮かべるメーテ。

「アル、ありがとうな」

そしてお礼を口にすると――

「私は……アルが居てウルフが居て、そんな生活に幸福を感じているんだ」

メーテは苦笑いを浮かべ、独白するかのように言葉を並べ始めた。

「此処《ここ》は良い場所だよ。森には茸《きのこ》や木の実、野兎《のうさぎ》や猪《いのしし》なんかも生息しているし、少し歩けば川魚が豊富な小川が流れ、更に歩けば湖だって存在している。贅沢《ぜいたく》さえしなければ喰《く》うに困らない、本当に恵まれた土地だと思うよ」

メーテは、「まあ、結界を越えれば魔物も多いのだがな」と、付け加えると話を続ける。

「だからこそ、私はそのような生活を――穏やかで幸福な生活を守りたかった。このような時間がずっと続けば良いと願っていたんだ」

メーテはもう一度苦笑いを浮かべると、テーブルの上に手を置き、そっと僕の手を握る。

「だが、それでは駄目だと気付いてしまった。私とウルフだけならそれでも構わなかったのかも知れないが……アルはそうじゃない。私の幸福にアルを付き合わせてはいけない。アルの世界をこの森の中だけで完結させては駄目だということに気付かされたんだ」

握られた手のひらにギュッと力が込められる。

「ぼ、僕はそれでも……メーテがそれを望むなら！」

「アルは本当に優しい子だな……だが、それではやはり駄目なのだよ。その証拠に、アルはこの狭い世界に――私とウルフという存在に依存するあまり、必要以上の責任感と、不要な焦りを覚えてしまっている。それはきっと、呼吸すらままならない息苦しい世界で、息苦しさを忘れさせてしまう甘く残酷な世界だ」

「残酷な……？」

「ああ、だからこそ世界を広げなければならない。それはアルにとって、そして私にとってもきっと必要なことだ」

「メーテにとっても？」

メーテはその質問には答えない。

代わりに何処《どこ》か寂しげな笑みを返すと――

「と、いうことでだ！　アル！　旅行に行くぞ！」

場の空気を変えるようにパンと手のひらを打ち鳴らして、明るく声を張った。

「旅行？　旅行ってあの旅行だよね？」

「名所と呼ばれる場所を観光し、その土地の美味なるものを食すあの旅行だ！」

「ほ、本当に旅行に行くの？」

「行くぞ！　ウルフはどうする？」

「ん～旅行中は人化の法を使用してなきゃいけないのよね？　期間はどれくらいの予定？」

「まあ、当然そうなるな。ちなみに期間は一週間程度になる予定だ」

「じゃあ……今回は遠慮しようかしら？　人化の法を維持し続けるのは結構大変だし……」

「そうか、ならば土産を買ってくるから、今回はそれで我慢してくれ」

「じゃあ、お肉が良いわね～」

「肉？　まあ、私であれば腐らせることなく持ち帰ることも可能だが……」

そのような会話を交わすと、僕へと視線を向けるメーテ。

「それでだ。行くとなった以上、アルにはやってもらわなければならないことがある」

続けてそう言うと、足元に置いてあった箱から水晶のようなものを取り出した。

「これは？」

「これは素養判別に用いる【鑑定石】と呼ばれるものだ。アル、ちと触れてみろ」

「う、うん」

僕は言われるがままに、テーブルに置かれた鑑定石なるものに手を触れる。

すると、鑑定石は点滅を始め、数度の点滅を終えたところで黒く発光する。

「これは？」

「黒く発光したのを確認したな？　これはアルに闇属性魔法の素養があることを示しているんだ」

「僕の素養？　僕には闇属性魔法の素養があるの？」

「ああ……今まで教えてやれなくてすまなかったな」

そう言ったメーテは僅かに視線を伏せる。

それを誤魔化《ごまか》すようにカップを手に取ると、口に運ぶことなくソーサーの上へと戻した。

「要は、コイツを使用すれば素養を知ることができるという訳なのだが、重要なのはそこではない。重要なのは如何《いか》にしてコイツを騙《だま》し欺くかだ。言うなれば素養の隠蔽、アルにやってもらいたいのは素養を隠すということなのだよ」

「素養を隠す？　でもどうして？」

「それはだな……端的に説明すると、とある事件があった所為《せい》で、闇属性魔法の素養持ちという存在は【忌子】と呼ばれ、忌避の対象とされているからだ」

「忌子、忌避……だから僕は捨てられたのかな……」

「そ、それは分からないが……その可能性は少なからずあるのかも知れないな……ともあれ！　闇属性の素養持ちというものは肩身が狭い思いをすることは確かだ。そして、この世のなかには鑑定石を使用せずとも素養を見抜いてしまう輩《やから》もいる。だからこそ、素養を隠蔽する術を身に付けてもらいたいと考えている訳なのだが——少し待っていろ」

メーテはキッチンへと向かい、水で満たされたグラスを持って戻ってくる。

そして、テーブルの上にトンと置くと、話を再開させた。

「本来、魔力というのは肉体と綺麗《きれい》に混ざり合っているもので、魔力と肉体を別々のものとして考えることはできない。言わば見えない臓器と呼べるようなもので、肉体と切っても切り離せない関係にある」

メーテは戸棚からインクを取り出し、グラスに数滴ほど垂らす。

続けて指先でかき混ぜると、インクが綺麗に混ざって薄灰色の水が出来上がった。

「例えるなら水が肉体でインクが魔力といったところだな。普通の人間であれば、この水のように二つが綺麗に混じり合った状態を維持している訳なのだが……アルの場合はこうだ」

メーテは、ペンの先端で人差し指をプツリと刺す。

すると、指先にプクリと血が盛り上がり、指を伝ってグラスの中へと落ちていく。

ぽたぽたと落ちる血はグラスの中で不規則な模様を描き、ゆらゆらと漂う。

その光景を見た僕は思わず顔を顰《しか》めてしまうのだが、そんな僕を横目にメーテは説明を続ける。

「アルの場合、魔力と肉体が綺麗に混ざり合っているうえに、この血のような不規則な流れの魔力があり、非常に歪《いびつ》な形をしている。これは本来有り得ないことなのだが……恐らくではあるが、転生者であるということが関係しているのだろうな」

メーテは血で濡《ぬ》れた指先をハンカチで拭う。

「それでだ。普通の人間が鑑定石を騙すとなれば困難を極めるだろう。だが、アルの特性――混じり合っていない魔力に意識を集中し、その魔力で鑑定石に触れることができれば、鑑定結果を書きかえることが可能だと私は考えているのだが……どうだ？　できそうな気がするか？」

メーテの質問を受け、僕は考えを巡らす。

要するに、僕の中に存在するもう一つの魔力に干渉し、その魔力を用いて鑑定石に触れれば良いという話なのだろう。

正直、少々難易度が高いような気もするのだが……

「難しいかも知れないけど、頑張ってみるよ」

ともあれ、様々な葛藤を抱えるなか、僕を思ってメーテは旅行を提案してくれたのだ。

その想《おも》いを無下にしない為《ため》にも「やる」以外の選択肢は存在しない。

僕はそのように考えると腹を括《くく》り、もう一つの魔力とやらを探り始める。

「これ……なのかな？」

すると、意識した途端に今まで感じたことのない魔力が存在していることに気付き、その魔力が普段扱っている魔力よりも身体《からだ》に馴染《なじ》んでいるような感覚を覚えた。

そう思うと同時に、これが僕本来の魔力であることを理解し――

「これならいけるかも？」

そんな確信めいたものを感じた僕は、鑑定石の上にそっと手を置いてみた。

「これは……どういう結果なんだろ？」

水晶球は先程とは違う反応を示す――いや、正確には何の反応も示さなかった。

その後も手を置き続けるのだが、鑑定石は反応を示すことはない。

この結果が成功なのか失敗なのかが分からずに、反応のない鑑定石を眺めていると――

「なんというか……本当にアルは教え甲斐《がい》のないヤツだな」

「まさか一回で成功させちゃうとはね」

そう言ったメーテとウルフは、何処か不貞腐《ふてくさ》れた様子だった。

どうやら、無事に成功したようなのだが、そんな二人の姿を見ると素直に喜んで良いのか分からなくなってしまい、鑑定石を発光させてわざと失敗を演じてみるのだが……

「それは流石《さすが》に露骨が過ぎる」

「あからさまよね～」

すぐに見抜かれ、呆《あき》れさせてしまうのだった。

第八章　メーテと旅行

旅行が決まってからというもの、僕の心は何処か浮ついていた。

まるで、遠足の前日がずっと続いているような――そんな高揚感を覚え、そわそわと落ち着かない毎日を過ごしていた。

「……この生活に不満なんてないのにな」

実際、それは紛れもない本心であり、森での暮らしに何ひとつ不満などなかった。

しかし、絵本や童話、大衆小説や旅行記、そこに描かれている街並みを想像する度に、外の世界に対する憧れが芽生えていたのも確かなのだろう。

「おや、鼻歌とは随分とご機嫌のようだな？」

「へ？　鼻歌？」

自然と鼻歌を歌い、指摘されるまで気付けないほどに、僕の心は浮ついているようだ。

そんななか、旅行の準備は順調に進められた。

「ほ、ほら、もう一度呼んでみろ！」

「メ、メーテ姉さん……」

「くふふっ……もう一度！　もう一度だ！」

「駄目よメーテ、次は私の番でしょ？　ほら、呼んでみて？」

「ウルフ姉さん……」

「わふふっ……なんか癖になりそうな感じがするわね？」

「分かる！　実に分かる！　私は最大限の同意を示す所存だ！」

僕は何をやらされているのだろうか？

思わずそう突っ込みたくなるのだが、一応、これも準備の一環である。

メーテ曰《いわ》く――

「私たちの関係はちと複雑だし、関係を聞かれる度に説明するのは面倒だろ？　それならば、弟の誕生祝いとして観光に訪れた片田舎出身の姉弟《きょうだい》――と、いった設定を設けてしまった方が色々と楽なのだよ」

と、いった理由があるようで、一応は遊びや悪ふざけの類ではなかったようだ。

とはいえ、顔の作りも違えば、髪の色から瞳の色まで違う。

流石に姉弟関係は無理があると考えるのだが……

「まあ、アルの言わんとしていることは分かる。だから旅行の際はこうするさ」

指をパチンと鳴らしたメーテ。

すると、銀色の髪は僕と同じアッシュブロンドの髪色へと変わり、瞳の色も、僕と同色の赤茶色へと染まっていく。

「瞳は認識阻害の魔道具で、髪は土魔法を応用して染めた訳なのだが——どうだ？　これで問題ないだろ？」

「う、うん」

まあ、顔の作りは兎《と》も角《かく》として、髪や瞳の色については解決済みのようだ。

そうして、旅行の準備を進めながらも、一日、また一日と日々を重ねて行き——


「アル、準備は整ったか？」

「うん。忘れ物がないか確認もしたし大丈夫だと思うよ」

暖かな陽光が差し込むなか、僕たちは旅行当日を迎えることとなった。

「本当か？　しっかりハンカチも持ったか」

「もう……子供じゃないんだから大丈夫だよ」

そう言った僕の服装は、いつものシャツとパンツだけの格好とは少し違う。

フードの付いたカーキ色の外套《がいとう》を羽織っており、腰には小さなバッグとナイフ。

背中には大きめのバックパックを背負っている。

そして、メーテも僕と同じような格好をしているのだが、普段メーテはマキシ丈のワンピースを好んで着ることが多いので、新鮮なものとして僕の目に映っていた。

「さて、そろそろ出発するか」

そう言うとメーテは指を鳴らし、髪と瞳の色を僕と同色へと変える。

その様子を見届けた僕は、いよいよ出発するのだと考え、玄関へと身体を向けたのだが。

「アル。玄関じゃなくてこっちだ」

「へ？　地下？」

玄関へ向けて一歩を踏み出した瞬間、メーテに引き止められてしまう。

当然のことだが、外に出る為には玄関をくぐる必要があり、メーテが地下に続く階段を指差す意味を理解することができない。

「ほら、付いて来るんだ」

疑問を浮かべる僕を他所《よそ》に、階段を降りて行くメーテ。

その姿を見た僕は、疑問符を浮かべながらもメーテの後を付いて行き、ギシリ、ギシリと鳴る階段を一歩一歩降りて行く。

そうして案内されたのは、地下に三つほどある扉の一つだった。

「何か忘れ物でもしたの？」

地下に降りる理由として、それ以外思いつかなかった僕は首を傾《かし》げる。

「いや？　出発する為にこの部屋に来たんだ」

しかし、メーテは飄々《ひょうひょう》とした様子でそう返すと、目の前の扉をゆっくりと押し開く。

すると、扉の隙間から冷たい空気が流れ、その冷たさに思わず身体を震わせてしまう。

肌寒さを感じながら扉の先を覗いて見ると、そこにあったのは幾つもの円が床に描かれている空間だった。

「この部屋は……この模様はなんなの？」

僕はますます意味が分からなくなりメーテに尋ねる。

「ん？　コイツは転移魔法陣だな」

「転移魔法陣……魔法陣か」

描かれた円を注視してみれば、細かな文字や模様で構成されていることが分かる。

僕が想像する魔法陣と差異は無く、魔法陣と言われれば納得のいく見た目をしているように思えた。

そんな魔法陣を眺めながら「へ〜」などという間の抜けた声を漏らしていると——

「は、反応が薄いな？　いつものアルならもう少し喰《く》い付きそうなものだが……ともあれ、何故《なぜ》ここに来たのかというと、この転移魔法陣――指定された場所まで運んでくれるこの魔法陣を使用して、森の外れまで移動しようと考えている訳だ」

メーテが肩透かしを喰らった様子で、転移魔法陣についての説明をしてくれる。

が、この時の僕は、転移魔法陣よりも旅行のことで頭がいっぱいだったのだろう。

「へ～、便利なものがあるんだね？」

「……今日のアルは心ここにあらずといった感じだな」

またも間の抜けた声を漏らしてしまい、メーテから苦笑いを引き出してしまった。

「はぁ……まあいい。それで今後の予定だが、森の外れまで移動したら街道に出て北上し、街道沿いの村に立ち寄ってから馬車を利用して城塞都市まで移動する。正直、城塞都市にも転移魔法陣は繋《つな》がっているのだが……それでは味気ないだろう？」

僕はその言葉に対して大きく頷《うなず》き、同意を示す。

これは僕の主観ではあるが、旅行というものは、計画を練り、予定を立て、目的地に着くまでに妄想を膨らませている時間が一番楽しいのだ。などと考えていると――

「それではアル、出発するとしようか」

メーテは僕の手を引き、転移魔法陣の内側へと足を踏み入れる。

「ではウルフ、留守番は頼んだぞ？　旅行の間の食料に関しては蓄えがあるから問題ないとは思うのだが、もし足りなくなるようであれば、適当に狩りでもして食い繋いでおいてくれ。土産も忘れずに買っておくから家のことは任せたぞ?」

「僕もウルフにお土産を買ってくるからね」

ウルフは「わっふ!」と返事をし、「楽しんできてね」と言っているような視線を送る。

そしてその瞬間、視界がグニャリと揺れ、何ともいえない浮遊感が僕を襲い――

濡《ぬ》れたような土の匂い、そして木々の青々とした匂いが鼻へと届く。

慌てて周囲を見渡せば、一面に広がる木々と、幾つもの色付いた草花が僕の目に映った。

一瞬にして変わった景色に戸惑いを覚え、転移に対する驚きを隠せないでいると。

「ここから十分も歩けば街道に出ることができる。では、行くとしようか?」

そう言ったメーテは、平然とした様子で森の中を歩き始める。

「う、うん!」

対して僕は、はぐれてしまわないように、慌ててメーテの後を追うのだった。

それから十分ほど森の中を歩いたところで街道へと辿《たど》り着く。

街道と聞いていたので、石畳などで舗装された路《みち》を想像していたのだが、実際には幅のある畦道《あぜみち》といった様相を呈していた。

とはいえ、森以外の生活を知らない僕の目には、それすら新鮮なものとして映り、周囲の景色にキョロキョロと視線を彷徨《さまよ》わせては、すれ違う人々と挨拶を交わしてしまう。その結果――

「メーテ、あそこに建っているのは何かな？　あっ、こんにちは！」

「あぁこんにちは。お姉さんとお出掛けかい？」

「はい、姉さんと旅行中なんですよ！」

「ア、アル？　流石《さすが》にちと恥ずかしいからもう少し落ち着いてもらえると助かるんだが？

そ、そうだ！　そろそろ陽《ひ》が真上に昇るし、昼食でも取って一旦落ち着こうか？　な？」

どうやら、メーテに恥ずかしい思いをさせてしまったようで、強引に手を引かれた僕は、街道沿いの古株に座って昼食を取ることとなった。

その後、昼食を取り終えた僕たちは再び街道を歩きだす。

正確な時間は分からないが、体感で三時間ほど歩いた頃だろうか？

それなりの距離まで来たところで、建ち並ぶ家々を遠くに確認する。

それを村だと判断した僕は、村の姿を思い描き、少しだけ興奮してしまうのだが――

「あれは村かな？　お店とかもあるのかな？　メーテはあの村に行ったことあるの？」

「村を見て興奮しているようでは、これから先キリが無いぞ？」

案の定というかなんというか、メーテから呆《あき》れ笑いを引き出すことになってしまった。

そうして、家々を確認してから一時間ほど歩いたところで村へと到着する。

その頃には徐々に陽が傾き始めており、村に建ち並ぶ家々を橙色《だいだいいろ》に染め上げていた。

「仕事帰りかな？」

夕焼けに染まる村を眺めていると、一仕事終えたのであろう村人たちの姿が目に留まる。

ある者は農具を片手に、ある者は斧《おの》を担いでおり、その足取りは軽いように見えた。

家族の待つ帰る家があるからか？　それともこれから一杯ひっかけに行くからか？

その疑問の答えは分からないが。

「人の営みがここにはあるんだね」

「ああ、そうだな」

そんな風景でさえも新鮮に映り、どこか懐かしさも感じられた。

そして、そのような風景をぼうっと眺めていると――

「ともあれ、まずは宿を取らないとな。その後で村を見て回ることにするか？」

メーテが「宿屋」と書かれた看板を指差し、僕たちはそこへ向かうことにした。

それから程なくして看板が下げられた建物――宿屋へと辿り着く。

少し建てつけが悪い扉をギィと鳴らすと、威勢の良い女性の声が室内に響いた。

「いらっしゃい、お客さんは二人かい？　今日は食事のみ？　それとも宿泊かい？」

そう尋ねたのは恰幅《かっぷく》の良い中年女性で、メーテがその問いに答える。

「ああ、二名で宿泊をお願いする。この辺りだと他に食事を取れる場所はあるのか？」

「少し行った所に酒場ならあるよ。一応、食事の提供もやってるけど、酒飲みが好みそうな物ばかりだからねぇ……飲まないなら、うちで食べることをおススメするよ」

「そうか、ならば食事もお願いしよう」

「あいよ。時間はどうする？　すぐ食べるかい？」

「いや、弟と少し村を回りたいから後でお願いするよ」

「村を？　こんな村、特に見る場所なんてないと思うけどねぇ。まぁいいさ。食事代込みで銀貨一枚と銅貨が八枚だね」

「では銀貨二枚で頼む」

「あいよ。これが部屋の鍵ね。二階の２０３号室を使っておくれ。それと、食事は食べたい時に言ってくれれば用意するけど、あまり遅くならない内に言ってくれると助かるよ」

「ああ、了解した」

そのようなやり取りを交わすと、メーテはお釣りの銅貨二枚と、部屋の鍵を受け取る。

僕たちは、早速指定された部屋へ向かうと、背負っていた荷物を部屋の隅に置き、備えつけの椅子に腰を下ろして「ふう」と一息を吐《つ》いた。

「どうだ？　足は疲れていないか？」

「うん。全然大丈夫だよ」

そうは答えたものの、それなりに疲労は感じていた。

先程まではまったく疲れを感じていなかったのだが、落ち着ける空間に着いたことで気が抜けてしまった所為《せい》なのかも知れない。

正直、ベッドに倒れ込んでしまいたい。そう思うくらいには疲れているのだが、そこをグッと堪《こら》えると――

「大丈夫だから、村を見て回ろうよ」

「ああ、そうしようか」

村の散策をする為《ため》、余力を振り絞ることにした。


宿屋の女性は「見る物なんて何もない」と言っていたのだが、実際に村を散策してみると――木造りの家並みも、行き交う人々も、軒先に置かれた鉢植えの模様さえも、僕にとっては何もかもが目新しく、開いているお店など殆《ほとん》どないにも拘《かか》わらず、長い時間メーテを連れ回すことになってしまった。

「まったく……あまり遅くならない内に。って、伝えた筈《はず》なんだけどねぇ？」

その結果、宿屋の女性にも迷惑を掛けてしまった訳なのだが……眉根に皺《しわ》を寄せながらも、手早く、温かい食事を用意してくれたのだから、反省と感謝の気持ちしかない。

ちなみにだが、用意された食事はおススメするだけあって非常に美味《おい》しいものだった。

全体的に味付けが濃いようにも思えたが、疲れている身体《からだ》には丁度良い濃さで、街道を歩いて来た人に向けた味付けであり、同時に、優しさでもあるように感じられた。

そうして食事を終えた僕たちは、お礼を伝えてから食堂を後にする。

部屋に戻って歯を磨いたり、濡れタオルで体を拭いたりして就寝の準備を整えていると

―――


「アル、旅行初日はどうだった？」

「ちょっとだけ疲れたけど、色々と新鮮で凄く楽しかったよ」

「そうか、それは良かった」

寝間着姿のメーテに尋ねられ、僕がそう答えるとメーテは満足そうに頷く。

「明日は馬車での移動になるのだが、目的地である城塞都市までは距離があり、道中、一泊の野営を挟む予定だからな。出発する前に必要になる物を買いに行くとしよう」

「うん、分かったよ」

「うむ。では、明日に備えてそろそろ寝ることにするか」

「そうだね。おやすみメーテ」

「おやすみアル」

そう言ったメーテは、枕元の蠟燭《ろうそく》を吹き消すと僕のベッドへと潜り込んでくる。

「いや、なんで僕のベッドに入ってくるの？」

「……いかんのか？」

「い、いかんと思うよ？」

「ちっ……旅行で浮ついている今ならいけると思ったのだが……」

何やらブツブツ言いながら、渋々といった様子で自分のベッドに戻っていくメーテ。

僕はメーテがベッドに潜ったのを見届けると、口元まで布団を被《かぶ》る。

そして、瞼《まぶた》を閉じると、「興奮して寝れないかも知れないな？」などと考え始めるのだが、思った以上に身体は疲れていたようで、僕の意識はすぐさま夢の中へと沈んでいく。

こうして旅行当日——メーテとの旅行一日目の夜は更けていくのであった。

第九章　旅の同行者

旅行二日目の早朝。

窓の隙間から差し込んだ陽光が僕の顔を容赦なく照らし、それに耐えられなくなった僕は眠い目をこすりながらベッドから身体を起こす。

部屋の様子がいつもと違うことに一瞬驚いてしまうのだが、すぐさま旅先の宿屋であることを思い出すと、寝起きで頭が働いていなかったことを自覚してしまう。

「まったく……甘えん坊だなぁ……」

そんな声のする方へ視線を向ければ、メーテの寝言であることが分かる。

普段であれば、僕よりも先に起きて朝食の準備を始めているメーテなのだが、今日はその必要がない所為か、いまだ夢の中にいるようだ。

「アル……抱っこという歳《とし》でも……ないだろうに……くふふっ」

……うん。碌《ろく》でもない夢の中にいることは兎《と》も角《かく》。

音を立てないようにしてベッドから出た僕は、肩を回して体調の確認を始める。

続けて、背伸びをすることで固まった筋肉を伸ばしていると――

「おはようアル……今日は珍しく早起きだな……」

枕に顔をうずめたメーテから声が掛かる。

「もしかして起こしちゃった？」

僕がそう尋ねるとメーテは首を横に振り、まだ眠いのか、半分ほど覗《のぞ》かせていた顔まで枕に埋めてしまう。

そんなメーテの姿を見た僕は、珍しいものを見たと思い、小さく笑いを溢《こぼ》してしまった。

その後、僕たちは朝の身支度や、出発の準備を整える。

宿屋の食堂で朝食を取り、退室手続きを無事に済ませると、一晩お世話になった宿屋を後にすることになった。

そうして宿屋を後にした僕たちが向かったのは、五、六軒の店舗が連なる少し小さめの商店街だった。

とはいえ、今の僕にとっては何もかもが珍しい。

陳列された商品に目を輝かせ、見たことのない商品の名前をメーテに尋ねていると――

「そこの綺麗《きれい》なねーちゃん、ウチで干し肉買っていきなよ！　その格好からして馬車か歩きで街道を行くんだろ？」

肉屋の店主と思われる、中年男性から声が掛かる。

「そのとおりだが……ふむ、干し肉が五枚で銅貨二枚か……」

「高いってか？　ウチも商売なんでな。ねーちゃんがベッピンさんだからってこれ以上は、まけられないぜ？」

「高いとは思わんさ。が、銅貨一枚であれば即決すると思ってな」

「おいおい、小銅貨の一、二枚なら兎も角、流石に半値って訳にはいかねぇよ！　そんな値段で売ってたらこの店が潰れちまうって！」

そのようなやり取りを交わすと、店主は呆れるようにして広めの額をピシャリと叩《たた》く。

どうやら、メーテの提示した金額では割が合わないようなのだが……

「駄目――なのか？」

ふむ、この人は誰なのだろう？

メーテのような人物は、指先を唇に当てながら、首を傾《かし》げて上目遣いを送る。

そして、余りにも「あざとすぎる」メーテの仕草は、肉屋の店主を――その心をガッチリと摑んで魅了してしまったのだろう。

「し、仕方ねぇなぁ！　銅貨一枚で良いから持ってけってんだ馬鹿野郎！」

店主はデレデレと頰《ほお》を弛緩《しかん》させ、何処《どこ》か粋な男然として半値を提示した。

「ほ、本当に良いんでしょうか？」

この世界の金銭価値は分からないのだが、流石《さすが》に半値はやり過ぎだろう。

そう思った僕は、店主に尋ねる。

「へっ！　男って生き物はな？　一度吐いた言葉を飲まない生き物なんだよ！」

が、店主は謎の男理論を展開し、何故《なぜ》か誇らしげだ。

先程のやり取りに加え、その返答を聞いたことにより、随分とチョロイ店主であることが理解できたのだが、そう理解したのは僕だけではなかったようで……

「アル、男とはこのような寛容さを持つべきだぞ？　アルも店主を見習うようにしろよ？」

「ばっか、よせやい！　ああ、もう！　鹿の燻製《くんせい》肉もおまけで付けてやる！」

どうやら、メーテは相当な買い物上手のようだ。

無事に？　買い出しも終わり、馬車の停留所へ向かう道中。

「メーテ、買い物には銀貨や銅貨を使用するのが一般的なの？」

僕は、今まで使用する機会のなかった貨幣について尋ねることにした。

昨日は宿屋で、今日は商店街で貨幣のやり取りがあったので、僕も覚えておいた方が良いと考えたからだ。

「貨幣か？　そうだな――」

そうして教えてもらったのは、この国に――ディオム王国に存在する貨幣の種類と価値だった。

価値の低い順に、小銅貨、銅貨、銀貨、金貨、大金貨とあるようで、小銅貨であれば野菜類、銅貨であれば肉類、銀貨であれば一泊の宿、金貨であれば相応の家具などが買え、大金貨であれば一般家庭が三か月は暮らせると教えられた。

とはいえ、この国の物価が分からないのだから、その例えが適切なのかも分からない。

その為、頭の中で前世の貨幣に置き換えたりしながらウンウン唸《うな》っていると――

「そういった物の価値なども、この旅をとおして学んでいこうじゃないか」

クスリと笑ったメーテに、肩をポンと叩かれることになってしまった。

それから細々とした買い物を終え、村を見つつ歩いている内に停留所に到着する。

停留所には、二頭立ての幌《ほろ》馬車が三台並んでおり、周囲を見渡せば馬車に乗るのであろう人の姿がちらほらと確認できた。

「あの馬って触っても良いのかな？」

「ん？　御者に聞いてみたらどうだ？」

「そうするよ。あの、馬に触れることってできますか？」

「大丈夫だよ。なんなら餌をあげてみるかい？」

「はい！　お願いします！」

徐々に人が集まり始めるなか、僕は許可を得て馬と戯れ始める。

前世でも馬に触れる機会は少なかったので、餌をあげながら一人感動していると――

「えー、城塞都市行きの馬車はこちらです！　乗車する方はこちらへお願いします！」

隣に居た御者が大きく声を上げる。

「ふむ、私たちが乗るのはどうやらこの馬車のようだな。私たちを頑張って運んでくれよ？」

そう言うと、優しい手つきで馬の鬣《たてがみ》を撫でたメーテ。

僕もそんなメーテに倣い、「よろしくね」と声を掛けてから餌をあげることにした。

そうして馬と戯れていると、城塞都市行きの馬車に人が集まり始める。

集まり始めるのだが……

「今日は乗客が少ないようですね……」

どうやら周囲に居た人たちは、別方向へ向かう馬車に乗るようで、集まったのは僕たちを含めてたったの五人だけだった。

その所為《せい》か、御者のお兄さんは少し残念そうな表情を浮かべるのだが。

「それでは、そろそろ出発したいと思いますので、ご利用の方はご乗車をお願いします！」

気持ちを切り替えるように明るく声を張り、僕たちは言われたとおりに乗車し始める。

そして御者のお兄さんは、全員が乗車したのを確認すると御者席へと向かい――

「全員乗車したようですね？　それでは出発いたします！」

馬車はゆっくりと動き始めた。


村を出発してから僅かばかりの時間が経過した。

初めての馬車に感動し、車窓から望む景色に頬を緩ませ、一頻《ひとしき》り興奮し終えたところで声を掛けられる。

「お二人はご姉弟《きょうだい》ですよね？」

声を掛けてきたのは左前方に座っていた男性――二十代後半くらいで、赤髪を短く切り揃《そろ》えた真面目そうな男性だ。

「ああ、そのとおりだ。そちらは親子で間違いないか？」

「間違いありません。ああ、申し遅れました。私はパルマ＝フェルマー、城塞都市でしがない商売人をやらせて頂いているものです。そして、こちらが娘のソフィアなのですが

「……ほら、ソフィア、挨拶はどうしたんだい？」

「……ソフィア＝フェルマーです」

「は、ははっ、どうやら機嫌が悪いようですね」

そう言うと、真面目そうな男性――パルマさんはバツが悪そうに頭を掻《か》き、娘のソフィアちゃんは、キリッとした大きな瞳を僅かに細める。

「不機嫌なのはパパの所為でしょ！」

「パパの所為？」

「ただの風邪だって言ったのに！　療養だとか言って、何もない田舎に何週間も閉じ込めるんだもん！」

続けて、そう言ったソフィアちゃんはダンと立ち上がり、二つ結びの赤髪を揺らしながら、緑色の瞳でパルマさんを睨《にら》みつけた。

そのことにより、場の空気が少しだけ重くなったような感覚を覚えてしまう。

とはいえ、ちょっとした親子喧嘩《げんか》だと思うので、その内ソフィアちゃんの機嫌も直るだろうし、機嫌が直れば重い空気も霧散するに違いない。

そのように考えはするのだが――

「僕の名前はアルディノ。メーテ姉さんはアルって呼ぶから、ソフィアちゃんもアルって呼んでくれると嬉《うれ》しいな。よろしくね。ソフィアちゃん」

折角《せっかく》の旅行なのだから、多くの時間を笑顔で過ごしたいというのが本音だ。

従って僕は、場の雰囲気を変える為《ため》に明るい声でソフィアちゃんに話し掛ける。

「へ？　あ……よろしく」

「うん、よろしく。というか、綺麗な髪色をしているし、お洒落《しゃれ》な髪型をしているよね？」

「お洒落って……別に珍しい髪型じゃないわよ」

「そうなんだ？　でも、僕はお洒落だと思うし、凄く似合っていると思うよ？」

「……似合っているからなんなのよ？」

「ん？　似合っていて可愛《かわい》いな～。って思ったかな」

「か、可愛い⁉」

「うん。可愛いし、好きな髪型だと思ったよ」

「好き⁉」

ソフィアちゃんに話し掛け、会話を交わしたことにより、場の空気が少しだけ弛緩したのが分かる。

僕は、あと少しで霧散することを確信し、再び口を開こうとしたのだが――

「アル……その笑顔でソレを続けたら落ちるやも知れん」

何故かメーテに止められてしまい、手のひらで口を塞がれることになった。

加えて、何故かパルマさんが思いっきり睨んでいて怖かった。

その後、少しだけ機嫌を直してくれたソフィアちゃんを交えて、雑談を楽しむことに。

それで分かったのは、ソフィアちゃんが僕と同じ歳《とし》であることや、しがない商売人と言っていたパルマさんが大きな商店の長《おさ》であること。城塞都市には様々な観光場所が存在するということだった。

そして、更に分かったことは――

「よう、俺にも女の落とし方を教えてくれよ？」

「落とし方？　なんで、それを僕に？」

馬車に乗り合わせていたもう一人の乗客――正確にはパルマさんが雇った護衛の名前がアランということで――

「え～、銀級冒険者の【不屈のアラン】さんなら、引く手あまたじゃないんですか？」

「御者の兄ちゃん、それがさっぱりなんだわ。はぁ、不屈って二つ名がダサいからかね～？」

アランさんの生業《なりわい》が冒険者であるということだった。

「えっと、冒険者というのは？」

「は？　坊主は冒険者を知らねぇのか？」

実際、冒険者という言葉だけなら知っている。

前世で読んだ小説や漫画、ゲームなどによく出てくる単語であったからだ。

しかし、その認識が共通しているとは限らない。

その為、アランさんに尋ねてみることにしたのだが。

「まあ、簡単に説明すると、何でも屋って感じだな」

アランさんは物ぐさな性格なのか、そのような言葉で説明を締《し》め括《くく》られてしまった。


アランさんを交えて五人で会話を交わしていると、馬車が速度を落とし始める。

どうやら、一夜を明かす野営地に辿《たど》り着いたようで、馬車から降りた僕たちは野営の準備を始めることにした。

御者のお兄さんは簡易的なテントを張り、アランさんは石を重ねて簡易的な竈《かまど》を作る。

僕を含めた他の人たちは、馬車から薪《まき》を運んで焚火《たきび》の土台を組み上げていく。

そして、土台に火をくべると、焚火はパチパチと音を立てながら僕たちの身体《からだ》を温め始め、周囲を暖かな色で照らし始める。

そんな焚火に惹《ひ》かれるようにして皆が集まり、囲むような形で暖を取っていると――

「ふむ、こうして縁を持ったことだし夕食を振舞おうと思ったのだが……手持ちの食料ではちと足らないようだ」

メーテが顎を撫でながら、そのような言葉を口にする。

「食料ですか？　でしたら余分に用意しているので、ご使用になりますか？」

「気持ちだけ受け取っておくよ。と、いう訳で、ちと現地調達してこようと思う」

続けてそう言ったメーテは、「豚を狩ってくる」と、僕に耳打ちをすると、返事すら待たずに、夜の森へと姿を晦《くら》ましてしまう。

「お、おい！　坊主の姉ちゃん森に入っちまったぞ⁉　正気かよ⁉」

そんなメーテの行動に対して、アランさんは声を荒らげる。

実際、夜の森というのは月明かりすら霞《かす》んでしまう暗闇の世界だ。加えて獣や魔物。様々な危険が存在するのだから、アランさんが声を荒らげるのも仕方がないことなのだろう。

が、僕はメーテの実力や、森という場所に長《た》けていることを嫌になるほど知っている。

「入っちゃいましたね～」

むしろ、メーテを追って森に立ち入る方が危険だと判断した僕は、アランさんが後を追わないように、わざと気の抜けた返事をすることにした。

「メーテ姉さんが戻ってくるまでに、夕食の準備を進めておきましょうか」

「い、いや、夕食の準備ってお前……」

そして、そう言った僕と、森の間で視線を往復させるアランさん。

何度か往復させた後、「はぁ」と溜息《ためいき》を吐《つ》くと、困り顔を浮かべながらも焚火の前に腰を下ろすのだった。


そうして、夕食の準備を始め、購入していた野菜をナイフで切り分けていると――

「なぁ坊主？　お前の姉ちゃんって凄《すご》い美人だよな？　やっぱ彼氏とか居るのか？」

アランさんに尋ねられ、僕は一瞬だけその手を止める。

「そんな人いませんけど？」

「ま、まじで？　ぼ、坊主はどうだ？　こんな兄貴が欲しくないか？」

そう言ったアランさんはニカッと笑う。

実際、僕から見たアランさんの見た目は整っていると思う。

清潔感のあるブロンドの頭髪に、垂れ目でありながらも何処《どこ》かキリッとした印象を受ける目元。人によっては軽薄な印象を受けるのかも知れないが、それが魅力と思える程に整った容姿をしている。

「全然いりませんけど？」

が、それとこれとは話が別だ。

メーテと並んで歩く姿を想像するとモヤッとしてしまい、僕は反射的に否定の言葉を口にしてしまう。

「つれないこというなよ？　こんな兄――」

「ちっともいりませんけど？」

「だ、だから――」

「えっと、取り敢《あ》えず火球くらいは耐えられますよね？」

「は？　まあ、耐えられるけど――ってまじか⁉　お前まじか⁉」

僕が火球を手のひらに灯《とも》すと、途端に慌てだすアランさん。

しかし、そのようにしてじゃれ合っていると――

「ちょっと……付き合いなさいよ」

ソフィアちゃんから声が掛かる。

「僕？　今、アランさんに火球を――」

「い、いいから付いてきなさいよ！」

そして、手を引かれた僕は、慌てて火球を霧散させると同時に、唐突なお誘いの理由を探り始めるのだが――

「目を瞑《つぶ》って耳を塞いでてよ！　見たり聞いたりしたら怒るからね！」

「わ、分かったよ。終わったら声を掛けてね？」

どうやら、一人で用を足すのが怖かった。と、いうのがお誘いの理由らしい。

正直、僕が選ばれた理由については分からないのだが……まあ、口喧嘩してしまった所《せ》為《い》でパルマさんには頼みづらく、大人であるアランさんより、同年代である僕の方が頼みやすかったという話なのだろう。要は、消去法というやつだ。

「――？　――!?」

ソフィアちゃんは何かを言っているようなのだが、耳を塞いでいるので、その内容を聞き取ることはできない。

おまけに目を瞑っているのだから、周囲の状況を確認することもままならない。

恥ずかしい思いをさせない為にも、律儀に言いつけを守り続けていたのだが……

「キャアアアア！」

「ふごおおおおおおッ!!」

それが失敗だった。

ソフィアちゃんが悲鳴を上げるまで、オークの接近に気付くことができなかったからだ。

加えて最悪なのは、オークが三匹も居るということ。更に最悪なのは、ソフィアちゃんの足が摑《つか》まれ、逆さ吊《づ》りになっているということだった。

「た、助けて！」

僕は逡巡《しゅんじゅん》する。一日引くべきか。アランさんに助力を求めるべきか。それとも――

そのような考えを巡らせるのだが、それらの考えはすぐさま霧散することになる。

「た、助けて！　アルッ！」

「今！　今助けるから！」

そして、そう口にした瞬間、覚悟を決める。

僕は瞬時に身体強化魔法を発動し、更には流動身体強化を発動する。

この数年で身に付けた魔法技術である【重ね掛け】と呼ばれる技法だ。

続けて、軸足に力を込める。腰を落とす。左手を前に出す。右手にナイフを持つ。オークとの距離を目測する。踏み込む。地面が爆《は》ぜる。土埃《つちぼこり》が舞う。

それらの行動が導き出す結果は――

「ふごッ⁉」

その結果は、一瞬で間合いを埋める高速移動。

容易に懐を許したオークは咄嗟《とっさ》に武器を——ソフィアちゃんを武器として扱おうとして、丸太のような腕を振り上げようとする。

「やらせないッ！」

「ふごおおおおっ⁉　ぶきぃいいい！」

が、それをやらせる筈《はず》も無く、僕はオークの手首をナイフで切り落とす。

その結果、手首を無くしたオークは木の幹に血の直線を描き、ソフィアちゃんを宙へと放ることになった。

「きゃあああああ⁉　あ、あれ？」

「ソフィアちゃん大丈夫？」

「だ、大丈夫……」

僕は、悲鳴を上げて落下するソフィアちゃんを腕の中に抱き止める。

そうするのとほぼ同時に——

「ソフィア！」

悲鳴を聞いたのであろうパルマさんたちが、慌てた様子で駆けつける。

その姿を確認した僕は、後方へと数度跳び、オークとの距離を充分に取ってから、パルマさんの元へとソフィアちゃんを送り届けた。

「ソ、ソフィア！」

「パ、パパ！」

抱き合って喜び合うソフィアちゃんとパルマさん。

「オークが三匹で一匹は隻腕……違《ち》げぇな。もしかして坊主が落としたのか？」

対してアランさんは、僕のナイフに視線を送ると、苦笑いを浮かべ始める。

「はい。僕が切り落としました」

「くっくくっ、末恐ろしいねぇ！　こっちも負けてられねぇな！」

が、僕がそう言うと愉快そうに笑うアランさん。

悠々と歩いてオークとの間合いを詰めると——

「悪《わ》りぃな？　格好付けるための犠牲になってくれや」

縦、横、斜め、三回だけ剣を振り、その三回でオークは肉の塊へと成り果てた。

それはまさに一瞬の出来事で、僕は目を見開くと同時に感嘆の声を漏らしてしまう。

「少しは格好良いところ見せられたか？　坊主、この雄姿を姉ちゃんに報告してくれよ？」

対して、剣を振ることで付着した血を飛ばし、ニカッと笑顔を浮かべるアランさん。

僕はそんなアランさんを見て、報告を躊躇《ためら》いそうになってしまうのだが……それは流石《さすが》に意地悪が過ぎると思い、どうにか踏みとどまる。

従って僕は、渋々ながらも報告することを了承するのだが――

「じゃあ……オークを仕留めたという事実だけ淡々と報告させて頂きますね？」

「なんでだよ⁉　格好良かった部分をちゃんと報告しろって！」

何が不満なのか、アランさんは僕の肩を大きく揺するのだった。


その後、近場にあった手頃な石に腰を下ろして「ふぅ」と息を吐いていると――

「アル！　た、助けてくれて……ありがと」

ソフィアちゃんがトテテと駆け寄り、僕にお礼の言葉を伝える。

「気にしないで。それよりも怪我《けが》はない？」

「――っ！」

しかし、僕がそう尋ねると、ソフィアちゃんは逃げるようにしてパルマさんの背中に隠れてしまう。

「アル君！　ソフィアを助けてくれて本当に、本当にありがとう！」

そんなソフィアちゃんを背中に隠したまま感謝の言葉を口にするパルマさん。

ギュッと握られた手のひらは痛みを覚えてしまったが、その力強さが娘に対する愛情の表れだと思えた僕は、その痛みを心地良く感じてしまう。

その為《ため》、なんだか嬉しくなり、小さく笑みを溢《こぼ》していると。

「なぁ、どうやってオークの腕を落としたんだ？」

アランさんに尋ねられる。

「えっと、まずは足に重ね掛けをしてから間合いを詰めて、腕に流動させてからナイフで切断。って感じですかね？」

「まじで言ってるのか？　いや、まじで言ってるんだろうな……まさか、俺でも扱いこなせない技術をこんな子供がねぇ……はあ、銀級としての自信がなくなっちまうな……」

僕の話を聞き、アランさんは分かりやすく肩を落とす。

が、僕としては一瞬でオーク三匹を仕留めたアランさんの方が凄いように思えた。

「ですが、僕の実力ではアランさんのようにオークを仕留めることができませんし」

従って、正直な気持ちをアランさんに伝えるのだが……

「俺のように。であって、坊主も仕留めようと思えば仕留められる筈だ。そう考えるとなあ……やっぱり自信がなくなっちまうよ」

大きく溜息を吐いたアランさん。どうやら僕の言葉は逆効果だったようだ。

「だけど、まあ……」

アランさんは、僕の隣に腰を下ろす。

「要するに、俺もまだまだってことだよな！　つーことで！」

そう言うと、右の拳を突き出すアランさん。

僕は、その行動の意味をすぐに理解することができなかったのだが。

「正解でしょうか？」

こういうことかな？　と、思い、突き出された拳にコツンと拳をぶつける。

すると、アランさんは満足そうな表情を浮かべたあと――

「ああ、正解だ。坊主には負けないからな？」

白い歯を見せ、ニカッと笑い掛けた。


そして、皆も落ち着きを取り戻し、焚火《たきび》の前で談笑を始めた頃――

「すまないな。少し遅くなってしまったよ」

右手に二羽の野兎《のうさぎ》と、左手に布袋を持ってメーテが戻ってくる。

「おかえりメーテ。野兎と……そっちの袋は？」

「ん？　これか？　これは豚狩りの報酬だよ」

そう耳打ちしたメーテは僕だけに見せるようにして布袋を開く。

するると、袋の中には二十以上の魔石が収まっていたことが分かった。

「こ、こんなに居たの？」

「ああ、これだけ居たら安心して一夜を明かせんし、伝えたところで不要な混乱を招くと思って一人で狩りに出たという訳さ。して、こちらは問題なかったか？」

「こっちにもオークは出たけど、アランさんが仕留めてくれたから問題にはならなかったよ。それと……『お前の手柄だ』って言われて魔石まで貰っちゃった」

「アランにか？　ふむ、それならば夕食の肉を多く取り分けてやらねばならないな」

そう言ったメーテは、血抜きした野兎の調理に取り掛かる。

僕は僕で、御者のお兄さんに貸してもらった鍋に、切っておいた野菜を入れていく。

そうして手早く調理を進めていく内に、周囲には食欲をそそる匂いが漂い始め――

「兎鍋っすか！　凄く美味《うま》そっすね！」

「確かに、メーテさんは料理上手のようですね」

「メーテさんは野菜を切るのが上手なのネ～」

「ん？　それは僕が切ったんだよ？」

「ふ、ふ～ん。そうだったんだ。全然知らなかったな～」

鍋の周りに人が集まり始め、自然と会話を交わし始める。

そのような周囲の様子を、調理しながらも確認していたのであろうメーテ。

「こういうのも久し振りだな」

何処《どこ》か遠い目をすると、優しく微笑《ほほえ》むのだった。


ちなみに、その後の食事風景なのだが――

「ア、アルの隣が鍋に近いだけだし……」

そう言ったソフィアちゃんは僕の隣に腰を下ろしており、その距離はやけに近い。

「おいおい坊主、彼女なしの俺に対する嫌がらせか？　いや～、羨ましい限りだぜ」

そんな僕たちの様子を見て、ニヤニヤと茶化《ちゃか》してくるアランさん。

「ふむ、背筋も伸びているし、食事の仕草も整っているようだな……」

「アルく～ん？　ちょ～っと距離が近すぎるんじゃないかな～？」

メーテはメーテで、嫁を見定める姑《しゅうとめ》のような視線をソフィアちゃんへと向けており、
パルマさんは頰《ほお》を引き攣《つ》らせながら僕に対して殺気のようなものを送ってくる。

そのような反応を受けた僕は、少々胃の痛い思いをする羽目になったのだが……

まあ、それを差し引いても楽しいと思える食事の場で、賑《にぎ》やかな会話が交わされるなか、
旅行二日目の夜は更けていくのだった。

第十章　城塞都市へ

肌寒さを感じて身体《からだ》を起こす。

視線を横に向ければ、焚火であったものが僅かな煙をあげており、道理で寒い筈だと納得する。

「ふあぁ～」

僕は、重い瞼《まぶた》をこすりながら周囲の様子を確認する。

すると、パルマさんと御者のお兄さんが焚火付近で寝息を立てていることが分かり、馬車内に視線をやれば、メーテとソフィアちゃんが横になっていることが分かった。

「あれ、アランさんは？」

しかし、アランさんの姿だけは確認することができない。

そう思って遠方へと視線を飛ばそうとすると、後方からヒュッ、ヒュッという風切り音が届く。

その音の正体を探るべく、僕は身体を捻《ひね》って後方へと視線を送ると、アランさんが剣を振る姿――素振りをしている姿が目に入った。

「ふぅー……」

アランさんは、息を細く吐き出すと同時にゆっくりと剣を振り上げる。

「ふッ」

そして、鋭く振り下ろして風を切ると、その剣先をブレさせることなくピタリと止める。

むやみに振るような素振りではなく、まるで一振り一振り、何かを確認するかのように行われる素振り。

そのような素振りを行うアランさんの姿は非常に洗練されたもので、そんな姿を見た僕は、目を離すことができず、ぼうっと眺め続けてしまった。

しかし、そうして眺めていると——

「よう、坊主。昨日はよく眠れたか？」

アランさんは僕に気付いたようで、振っていた剣を止めて肩に担ぐ。

「少し身体が痛みますが、しっかりと眠ることができました。というか、随分と早起きですね？」

「まあ、早起きというか寝てないからな」

「ね、寝てない？　寝ないで剣を振っていたんですか？」

アランさんの話を聞いた僕は、思わず「馬鹿なのですか？」という言葉を続けてしまいそうになる。

「全員が寝ちまったら、もしもの時対応できないからな」

が、どうやら寝ずの番を引き受けてくれていたようで、続ける筈《はず》の言葉を飲み込むと、慌ててお礼の言葉を伝えることにした。

「き、気付けなくてすみませんでした……アランさん、ありがとうございます！」

「気にすんなって、その代わり馬車での移動中に仮眠を取らせてもらうつもりだからよ」

アランさんは僕の頭に手を置くと、雑な手つきでワシャワシャと弄《いじ》くり回す。

そして、一頻《ひとしき》り弄くり回し終えると――

「つーか、坊主、俺と手合わせをしてみないか？」

いつものニカッとした笑顔ではなく、挑発的な笑みを浮かべた。

「手合わせというのは剣を使用したものですか？　それとも体術のみですか？」

「体術のみの手合わせだな。どうだ？　やるか？」

「手合わせ……手合わせか……」

「ん？　もしかして気後れしてんのか？」

「べ、別に気後れなんてしていませんよ！」

そうは言ったものの、実際少しだけ気後れしていた。

何故《なぜ》なら、会ったばかりのアランさんに——人に拳を打ち込むという行為に抵抗感を覚えていたからだ。

しかし、そうして悩んでいると、聞き慣れた声が耳へと届く。

「面白い話をしているようだな？　アル、折角《せっかく》だから胸を借りてみたらどうだ？」

振り返って声の人物を確認すると、そこに居たのはやはりメーテで、小さな欠伸《あくび》を手で隠しながら僕に手合わせを薦める。

「ほう、アル君とアランさんの手合わせですか？　それは中々に興味深いですね」

「ええ、本当に興味深いですね。昨日のアル君の動きも凄かったし、アランさんは言わずもがな、名の知れた銀級冒険者ですからね」

加えて届いたのは、パルマさんと御者のお兄さんの会話で、どうやらいつの間にか起きていたうえに、成り行きまで把握しているようだ。

「えっ、アルが手合わせするの？　し、仕方ないから私が応援してあげるわ！」

更にはソフィアちゃんの声援までもが届く。

「ソフィアちゃん？　何で顔を赤らめているのかな？　……ねぇアル君、何でだと思う？」

が、パルマさんが恐ろしい表情をして睨《にら》んでくるので、折角の声援が恐怖によって上書きされることになった。

ともあれ、周囲は手合わせを期待しており、断れるような状況ではない。

「まあ、仕方ないか……」

正直、人に見られるのは緊張するし、できることなら観客が居ない方が望ましいのだが、それを言ってしまったら期待を裏切ることになるし、ガッカリさせてしまうのだろう。

「じゃあ、準備が整ったら手合わせを始めましょうか？」

従って僕は、靴紐《くつひも》を固く結び直すと、準備運動を始めることにした。

アランさんは両手の指を絡ませるとぐっと腕を伸ばし、指の関節をポキポキと鳴らす。

「さて、これから手合わせを始める訳だが、素手のみを使用した手合わせにしようと思っている。が、それは俺に限った話だ。坊主は身体強化魔法を使用しても構わないし、なんなら重ね掛けを使用してくれても構わないからな？」

続けて、そのようなルールを説明すると、余裕を表すかのようにニカッと笑った。

「魔法を使用しても構わない……ですか」

対して、その笑顔を見た僕は少しばかり悔しさを感じてしまう。

従って、身体強化を使用せずに、ひと泡吹かせてやろうと考えるのだが――

「アル、悔しいと思う気持ちは分かるが、手を抜くような真似《まね》はするなよ？」

まるで内心を見透かしたような言葉を掛けられてしまい、ドキリとした僕は咄嗟《とっさ》に頷《うなず》いてしまう。

「分かれば宜《よろ》しい。さて、二人とも準備は整っているようだな」

そして、僕の返答に笑みを返すとその場を仕切り始めたメーテ。

「では、そろそろ始めても構わないか？」

続けて確認を取り、僕たちが短い返事をすると――

「それでは！　始め！」

手合わせの始まりを告げた。

「ぎゃふんと言わせてやる」

僕は、そう意気込むと同時に身体強化魔法を使用し、更には流動身体強化を使用する。

要するに、身体強化の重ね掛けだ。

僕は一瞬にして、アランさんの懐に潜り込むと、その腹に向けて拳を突き出す。

「貰った！」

そう確信して拳を突き出したのだが――

「あ、あぶねぇ！　思っていた以上に速いわ！」

僕の拳は空を切り、真横から聞こえた声へと視線を向ける。

「隙ありだな」

「いたっ⁉」

が、向けた瞬間、僕の頭にコンッと手刀が落とされてしまう。

「ふぅー……」

僕は息を吐くことで思考を落ち着かせる。

拳を避《よ》けられたことで、思考に一瞬の隙ができたことは認めるが、その隙を突かれただけだ。

そう結論付けた僕は悔しさを覚えながら、もう一度アランさんの懐へと飛び込む。

いや、飛び込む振りをし、そこから更に加速して背後へと回り込んだ。

僕は、弧を描くようにして右脇腹へと拳を放つ。

『今度こそいける！』

そう確信して拳を放ったのだが――

「ま、まじで焦るな……だけどおしい！」

僕の拳はまたも届くことなく、今度はアランさんの手のひらに収まることになった。

その後も、僕は何度も何度も攻撃を仕掛けた。

だが、まともな一撃を入れることは敵《かな》わず、その度に手刀を落とされ続けた。

そして、僕の息が上がり始めたところでメーテが終了を告げ、それと同時に僕は仰向《あおむ》けになって地面に転がることになってしまった。

「アル君の動きも素晴らしいものでしたが、流石は【不屈のアラン】と言ったところでしょうか？」

「アラン！　あんた大人げないわよ！」

パルマさんとソフィアちゃんの声を聞きながら、僕は悔しさに歯を軋《きし》ませる。

正直、勝てないにしても、もう少し善戦できると考えていた。

が、結果的には惨敗で、本気を出させるどころか、身体強化を使用させることさえできなかった。まるっきり子供扱いだ。

「はあ……自信なくすのは僕の方だよ……」

実際、子供扱いされてしまったのは、それだけの実力差があるからなのだろう。

それは、分かっているのだが、やはり悔しいものは悔しいし、不貞腐《ふてくさ》れもしてしまう。

しかし、そうして不貞腐れていると――

「いやあ、ヒヤッとした攻撃が何度もあったぜ！　本当、坊主は末恐ろしいな！」

何処《どこ》か満足げなアランさんが、僕の隣に腰を下ろす。

「それって皮肉ですか？　僕の攻撃を全部捌《さば》いておいてよく言いますよね？」

「そ、そう不貞腐れるなって！　こちとら銀級冒険者だからな、坊主に負けてやる訳にいかないんだわ」

「まあ、その気持ちは理解できますが……こっちは悔しくて仕方ないですよ」

「ははっ！　銀級冒険者と手合わせして悔しがる坊主は大物だな！　普通の大人や冒険者だって、銀級と手合わせするとなれば、胸を借りようって奴等《やつら》が大半だっていうのに！　でもまあ、そう思えるくらいに本気でやってくれたってことだよな？　ありがとうな坊主」

そう言うと、僕の髪の毛を雑に弄くり回すアランさん。

素直に称賛され、素直にお礼をされてしまったことで、不貞腐れていたことが途端に恥ずかしくなってしまう。

それと同時に、そんなアランさんに負けたのであれば――そのように思い、悔しさが霧散してしまったのだから不思議だ。

「まあ、急に手合わせしようとか言って悪かったな。なんとなくだけど、坊主には俺みたいな奴――っていうか、普通の人間と手合わせをする経験も必要だと思っちまったんだわ」

「普通の人間……ですか？」

「ああ。なんつーのかな？　坊主は普段の足運びからして少しおかしいんだよな。獣に気取らせない為の足運びっていうか、魔物の隙を突く為の足運びっていうか、上手く表現できねぇんだけど、獣や魔物を想定した動きが癖になっているような気がしたんだわ。だから、坊主は対人の経験が少ねぇんだろうな〜って思って手合わせを提案した訳なんだが……どうだ？　少しくらいはいい経験になったか？」

アランさんは付け加える。

「ああ、ちなみにだが、身体強化魔法なしでも坊主に勝てたのはそこの差だろうな。目線や重心の傾け方なんかで、経験豊富な俺にはどう動くか予測できちまった訳だ」

そして、そう締《し》め括《くく》ると、僕は思わず感嘆の息を漏らしてしまう。

確かに、体術の先生はウルフであり、人化の法を使用しているとはいっても元は狼《おおかみ》なのだから、「獣を想定した動き」と表現したのは的確であると言える。

それを足運びという少ない情報から見抜いてしまったアランさん。

その観察眼の鋭さに驚き、素直に感心させられていると――

「まあ、偉そうなことを言っちまったけど、俺もまだまだだし坊主はこれからだ。だから、な？　お互い腐らずに頑張っていこうぜ？」

雑ではない、優しい手つきで頭を撫でられ、僕は思わず目を細めてしまう。

「や、やめて下さいよ！」

が、途端に恥ずかしさを覚えた僕は、照れ隠しとして、アランさんの脇腹に肘を入れてしまう。

「お、お前な～……」

脇腹を押さえながら涙目になるアランさん。

涙目ではあるものの、その表情には笑みが浮かんでおり、このようなやり取りを何処か楽しんでいるようにも感じられた。

そして、そんな僕たちの様子を窺《うかが》っていたのだろう。

「どうだ？　手を抜かなくて正解だったろ？」

メーテから声が掛かり、僕は「うん」と言って頷く。

「どうやら、アランとの出会いはアルにとって良い出会いとなりそうだな？」

僕はその言葉には反応を示さなかった。

素直に頷いてしまうのがなんだか照れ臭かったからだ。

だけど、そのような僕の内心など容易に見抜かれてしまったようで――

「まったく、素直じゃないのは誰に似たんだか？」

案外素直じゃないメーテにクスリと笑われてしまうのだった。

その後、昼食を取り終えた僕たちは、一夜を明かした野営地を後にした。

そして、道中は順調に進む。

馬車に乗り込むと同時にアランさんは寝息を立ててしまったが、ソフィアちゃんと趣味について話し合ったり、魔法の問題を出しあったりして道中を楽しんでいた。

まあ、僕が出した問題は多少難しかったようで――

「そんなの学園都市の入試問題より難しいじゃない！」

などと怒られてしまったのだが……ともあれ、道中を楽しんでいたことは確かだった。

そうして馬車に揺られていると、御者のお兄さんが声を上げる。

「見えてきましたよ！　城塞都市ボルガルドが！」

その声に反応した僕は、御者席に身を乗り出して外の景色を窺う。

すると、僕の目に映ったのは――切り立つ山々と、その山の一部から真横へと延びる硬質そうな何か。

その何かは延々と横に延びており、この場所からだと終わりを知ることができない。

「あれは……壁？」

有り得ない光景を見た僕は、有り得ないと思いながらも「壁」という言葉を口にする。

そして、有り得ない光景に思わず言葉を失い、呆《ほう》けていると――

「ええ、あれが蹄鉄《ていてつ》都市と呼ばれる所以《ゆえん》であり、私たちの暮らす都市を――城塞都市ボルガルドを守る外壁なの！」

実に自慢げに、実に誇らしげにソフィアちゃんは胸を張った。

それから一時間弱、馬車に揺られたところで、城塞都市の門前へと辿《たど》り着く。

遠くから見ても圧倒的であったが、近くで見るとその迫力は凄《すさ》まじいものがあった。

正確な高さは分からないのだが、少なく見積もっても百メートル近い高さのある壁が延々と延びており、その壁には意匠の凝らされた細工が施されているのだから圧巻の一言に尽きる。

この壁を作ると決まった際、職人さんたちはどのような表情を浮かべたのだろうか？

そのような想像を無駄に働かせていると、都市内に入る為の列が動きだし、暫《しば》しの時間が経過した後、僕たちの番が回ってきた。

「よう、今日は乗客が少ないようだな？　儲《もう》けも少ないだろ？　今日は俺が奢《おご》ってやるよ」

「本当ですか？　では、馬車を預けたらいつもの酒場に向かいますね」

「ああ、それで構わないが、先に煮込みを注文するなよ？　あれは熱々で喰《く》いたいからな」

御者という生業《なりわい》を続けていると、門衛とも顔見知りになるのだろう。

御者のお兄さんが二言三言交わすと、僅かな金銭をやり取りした後に門を通される。

「これ、門をくぐっているんだよね……」

あれだけ巨大な外壁なのだ。

当然のように奥行きもあるようで、門をくぐるというよりか、トンネルをくぐっているような感覚を覚えてしまう。

そうして門をくぐり抜けると、陽光によって視界が真っ白に染まり——

「これが城塞都市ボルガルド……」

次の瞬間、僕の目に飛び込んで来たのは城塞都市の風景だった。

一直線に延びた石畳の路《みち》と、路を挟んで建ち並ぶ建物。

中世風建築とでも言えば良いのだろうか？

木と赤レンガを基調とした建物には店名の書かれた看板が下げられており、目の前に延びる路が商店街であることを教えてくれる。

加えて映るのは往来する人々の姿。

頭から角を生やした浅黒い肌の男性や、身の丈三メートルを超える男性、ウルフのように尾っぽを揺らす女性などが往来しており、商店街を賑やかしていた。

「凄《すご》い……」

僕は目に映る風景に感動を覚えながら視線を遠方へと飛ばす。

左手を見やれば小高い丘があり、お屋敷のような建物と、如何《いか》にもお城といった建築物が建っていることに気付く。

右手を見やれば勾配の緩い坂道があり、その坂道を下るようにして視線を動かせば、陽光を反射する水面へと辿り着いた。

「あれは……湖？」

僕はスンと鼻を鳴らす。

すると、商店街から漂ってくる食欲をそそる匂いの他に、海の匂いを感じ取る。

どうやら、陽光を反射する水面の正体は海のようで、海だと理解した僕の胸は自然と高鳴っていった。

「本当に凄いや……」

僕は、改めて周囲に視線を飛ばすと、思わず感嘆の声を漏らしてしまう。

そうして、お上りさんのような反応をし、開いた口を閉じられないでいると――

「ふふん！　どう？　城塞都市ボルガルドは凄いでしょ！」

ソフィアちゃんは胸を張り、改めて自分の暮らす都市を自慢するのだった。

僕たちを乗せた馬車は城塞都市内を進み、程なくして停留所へと到着する。

「長時間お疲れ様でした！　あっ、運賃は銀貨一枚になりますね」

そう言ったのは今回の御者を務めてくれたお兄さん。

そんなお兄さんに運賃を手渡し、お礼を言ってから馬車を降りる。

「アル君、城塞都市には色々と見る場所があるから、観光を楽しんできてね」

「はい、楽しみたいと思います。君たちもありがとうね」

そして、そのような会話を交わし、馬車を引いてくれた二頭の馬にもお礼を言うと、丸一日を共に過ごした御者のお兄さんとお別れすることになった訳なのだが……

「馬車の旅が終わっちゃったな……」

馬車を降りてしまえば、三人ともお別れだ。

実際、共に過ごした時間は短かったのかも知れないが、その短い時間で仲を深められたと思っているし、深められたからこそ、これでお別れだと思うと寂しく感じてしまう。

とはいえ、寂しさを表に出してしまった場合、湿っぽい別れになるだろう。

「みなさん。みなさんと過ごした時間は賑やかでとても楽しかったです」

従って僕は、感傷に浸りながらも笑顔を作り、明るく別れようと考えるのだが――

「あの、一つご提案があるのですが、もし宜《よろ》しければ――」

「私の家に招待してあげる！　あくまで！　助けてもらったお礼ってことでね！」

「まったくソフィアは……と、いう訳でして、ご都合が付くようでしたら晩餐《ばんさん》にお招きしたいと考えているのですが、如何《いかが》でしょうか？」

「ふむ……食事のお誘いという訳か……」

不意なお誘いを受け、顎に指を添えながらチラリと僕を見たメーテ。

「――ふっ。折角《せっかく》のお誘いだしな。お招きに与《あずか》ることにしよう」

どうやら、お別れするのはもう少し先になりそうだ。


それから、詳しい日時を決め、話がまとまったところでアランさんから声が掛かる。

「よう坊主。旅行も食事会もしっかり楽しむんだぞ？　あ～あ……俺も仕事がなければ、お誘いを受けたかったんだがな……」

そう言うと、残念そうな表情を浮かべるアランさん。

これから冒険者組合という場所に出向き、今後の依頼について色々とまとめる必要があるようで、数日のあいだ自由を奪われる羽目になるそうだ。

「ともあれ、俺は冒険者組合に居ると思うから、暇があるようなら遊びに来てくれよ。坊主が遊びに来てくれると、仕事をサボる口実を作れるから助かるんだわ」

「……もっとマシな誘い方はなかったんですか？」

「くっくっ。まあ、冗談は兎《と》も角《かく》として、ここの冒険者組合は観光名所の一つだからな。あんまり見所はないけど、折角だから見ておいた方が良いかも知れねぇな。――ってことで、そろそろお暇《いとま》させてもらうことにすっかな」

アランさんは、「おいしょ」という掛け声と共に荷物を担ぐ。

「んじゃ、またな」

そして、ニカッと笑い掛けると背中を向け、城塞都市の雑踏へと消えて行く。

僕は、そんな背中を見送ると同時に、今後の予定を思い出すと頬《ほお》を緩めるのだが――

「アルが来るなら……部屋を片付けた方が良いわよね……？」

「ソフィアちゃん？　男の子を部屋に上げるのはまだ早いとパパは思うな〜」

「べ、別に上げるなんて言ってないでしょ！　パパの馬鹿！」

「パ、パパの馬鹿？　ははっ……聞き間違えたかな？」

「パパの馬鹿って言ったのよ！　それよりも――」

「いや、聞き間違いだ……聞き間違いに違いない……」

「明日は観光する予定なんでしょ？　それなら私が案内してあげるわよ！」

届いたやり取りがあまりにも賑やかで、僕は緩んだ頬を苦笑いへと変えることになってしまった。

その後、一旦のお別れを告げた僕たちは、今晩お世話になる宿屋を探し始める。

始めるのだが……大通りに軒を連ねる様々なお店やその外装。店先に並べられた商品が余りにも多様で、ついつい目を奪われてしまう。

「あれは雑貨屋で、あれは本屋かな——わっぷっ⁉　ご、ごめん」

その結果、メーテが立ち止まっていることに気付けず、背中に顔をうずめることに。

「目を惹《ひ》かれる気持ちは分からんでもないが、しっかり前を見て歩くんだぞ？」

「反省します……それで、この宿は良さそうな感じなの？」

苦言を呈するメーテの視線を追えば、料金案内の看板があることが分かる。

「一泊二食付き、二名で銀貨四枚はちと高いな……とはいえ……」

「だったら別の宿屋を探そうよ。探せば条件に合う宿屋があるかも知れないしさ」

看板を睨《にら》みながら、うんうんと葛藤するメーテ。

僕は、助言のつもりでそう声を掛けることにしたのだが。

「それも手ではあるのだが——だが、まあ、旅先でケチっているようでは、楽しめるものも楽しめなくなってしまうからな。よし、この宿で世話になることにするか」

どうやらメーテは、少しばかり奮発することを決めたようだ。

しかし、看板を前にして、数分のあいだ葛藤していたからだろう。

宿屋の受付担当だと思われる女性が、痺《しび》れを切らすようにして声を掛けくる。

「宿を探しているならうちに決めちゃいなよ？　この辺りじゃ良心的な値段だし、少しくらいなら勉強もしてあげるからさ。っていうか、お連れさんはまだ子供みたいだし、ダブルにしたらどうだい？　ダブルで良いなら一泊二食付きで銀貨三枚にしてあげるよ」

そして、宿屋のお姉さんがそう告げた瞬間――

「そ、その手があったか……」

メーテはまるで青天《せいてん》の霹靂《へきれき》、目から鱗《うろこ》といった表情を見せる。

「く、くふふっ……ダ、ダブルでお願いしよう！　と、とりあえず最低でも三日はお世話になる予定だから、前払いで銀貨九枚を払っておこうじゃないか！」

「ま、まいど……」

そう言ったメーテは、店先だというのにも拘《かかわ》らず腰に提げた革袋から銀貨を取り出し、宿屋のお姉さんに銀貨九枚を握らせる。

僕からすれば、どうしてそんなに慌てているのか分からなかったが、僕もお姉さんも若干引いていることは確かだった。

そうして、若干引き気味のお姉さんに案内された僕たちは、受付で食事の時間や外出時の規則を説明される。

それを終えると部屋の鍵を渡され、早速部屋へと向かうのだが、どういうことかメーテの足取りは軽い。

少し様子がおかしいメーテを不審に思いながらもその後に付いて行き、指定された部屋の鍵を開けて室内に入ると――

「そ、そういうことか……」

そこで漸《ようや》くメーテの様子がおかしい理由を理解することになった。

その部屋にはベッドが一つしか存在せず、ダブルサイズのベッドが一つあるだけだったからだ。

そして、ダブルベッドが置かれた部屋を眺めながらメーテはのたまう。

「あれれー。これはまいったなー。まさか、私ともあろう者が値段に気を取られてしまい、ツインとダブルを勘違いしてしまうとはー。いやぁー、これは私らしからぬ失態だなー。でもー、銀貨を払ってしまったしー、今から取り消すとなると宿屋に迷惑を掛けてしまうなぁー。ああー困ったなー、実に困ったなー。んーしかしー。ベッドが一つしかないから一緒に寝ることになってしまうなー。私は一人で寝る方が好きなのだがー、こうなったら諦めるしかないなぁー、うん、これはもう諦めるしかないなー」

もしかして馬鹿にされているのだろうか？

やたら芝居がかった――いや、大根以下の芝居を披露するメーテに、僕は胡乱《うろん》げな視線を向ける。

「……な、何だその目は？　もしかして私を疑っているのか？」

もはや疑いを通り越して確信している。

「少しでも節約しようとしたら間違えただけだ！　べ、別にそれ以外に理由なんてないぞ！」

目から鱗的な表情をしていたのは気のせいだろうか？

「本当だぞ！　そ、そもそもだ！　旅先だからといって散財しているようでは駄目だからな！　旅行であろうと浮かれるような真似《まね》をせず、しっかりと財布の紐《ひも》を締めることが大切なんだ！」

旅先でケチっているようでは、楽しめるものも楽しめなくなってしまう。それは誰から聞いた言葉だろうか？

「くふっ……と、兎《と》に角《かく》だ！　アルは諦めて一緒のベッドで寝れば良いんだ！」

もはや建前すら取り払い、己の欲望を隠すことのないメーテに若干――いや、盛大に引きながらも、避けられない未来に添い寝があることを悟る。

「ダブルはベッドが一つ、ツインはベッドが二つ……」

そして、本日得ることになった知識を反芻《はんすう》すると――

『ある意味、昨日の野営より寝付きが悪い夜になりそうだな』

胸の内で溜息《ためいき》を吐《つ》き、旅行三日目の夜が過ぎていくのだった。

第十一章　異世界観光

迎えた旅行四日目の早朝。

本来であれば、清々《すがすが》しい目覚めで迎える筈《はず》の朝なのだが、僕は朝から満身創痍《まんしんそうい》といった感じでぐったりとしていた。

何故《なぜ》ぐったりしているかというと、それは昨晩の出来事に起因している。

昨晩、夕食を終えた僕たちは翌日の予定などを話してから就寝することになった。

部屋にはベッドの他にもソファが備え付けられていたので、僕はソファで寝ようと考えていたのだが――

「ア、アルがソファで寝ると言うのであれば私は床で寝るからな！　良いのだな？　それで良いのだな!?」

「え、ええ～……」

なかなかの駄々《だだ》の捏《こ》ねっぷりを見せたメーテ。

そのことにより、同じベッドで寝ることになってしまったのだが、それからがまた凄かった。

「アル、アル！　久しぶりに絵本を読んであげようじゃないか！」

だとか。

「そうだ！　歌を歌って聞かせてあげよう！　なにが聞きたいのか言ってみろ！」

だとか。

「くふふっ……そうだ！　寝る前に耳かきをしてやろう！　ほら、頭を膝に乗せるのだ！」

だとか。兎にも角にも、はしゃぎっぷりが酷《ひど》かったのだ。

とはいえ、メーテがこのようになってしまった原因は僕にもある。

前世の記憶を持って生を授かった為《ため》、恥ずかしさや照れ臭さを覚えてしまい、子供らしく甘えるということを殆《ほと》どしてこなかった。

従って、今日くらいはメーテの好きなようにしてもらおうと考えた結果――

「腕枕をしてやるからこっちに――こら、逃げるのではない！」

「ちょっ!?　はな、放して！」

「くふふっ……誰が放すものか！」

僕の精神はゴリゴリと削られてしまい、朝から絶賛満身創痍という訳である。

ちなみに、当のメーテはというと――

「おはようアル！　昨日の晩は楽しかったな！」

どうやら絶好調のようで、実に清々しい笑顔を浮かべていた。

朝の城塞都市は、昼や夜とはまた違う、独特の活気に満ち溢《あふ》れていた。

これから仕事に向かうのであろう人たちが忙《せわ》しなく往来し、そんな人たちを捕まえようと、幾つもの屋台から呼び込みの声が上がっている。

空へと視線を移せば、建物と建物の間に縄が渡されていることが分かり、その縄に洗濯を終えたのであろう人たちが布や洋服を掛けていく様子を窺《うかが》うことができる。

その光景は、万国旗が掛けられていくかのようで、まるでお祭りに参加しているような、なんともいえない高揚感を覚えてしまう。

そして、そのような高揚感を覚えている内に目的地へと到着したようで――

「おはよう、ソフィアちゃん」

「お、おはよ……っていうか遅いじゃない！　どれだけ待ったと思っているのよ！」

何故か、朝から怒られる羽目になってしまった。

「ま、待たせちゃってごめんね？」

「んもぅ！　女の子を待たせるなんて紳士じゃないわよ！」

僕はチラリと停留所の時計を見る。

すると分かったのは、待ち合わせ時間の二十分前を針が指しているということだった。

その為、「何時から待っていたのだろう？」という疑問が過《よぎ》るが、それを聞いてしまった場合、更に怒られる未来しか見えない。

「ほ、本当にごめんね？」

「まあぁ？　分かれば良いのよ分かれば。で、アルは行きたい場所とかあるの？」

その為、僕は謝ることにしたのだが、それで少しは機嫌を直してくれたようで、ソフィアちゃんは両手を腰に置きながら「行きたい場所」を尋ねた。

「行きたい場所か……」

昨日の別れ際に案内の約束を交わしたのだが、ソフィアちゃんが案内しやすいように、幾つかに候補を絞っておくことにした。

そうして候補に挙がり、最後まで残ったのは三つ。

一つ目は城塞都市の港。

城塞都市の港には、旅客船や軍艦といった大型帆船が停泊しており、その帆船の巨大さや、帆船に施された装飾の細かさは一見の価値があるらしく、大型帆船が港に並ぶ姿は圧巻の一言に尽きるという話だからだ。

二つ目は飛空艇。

こちらは、ここ数年で実用に至ったという空を駆ける乗り物で、見た目は船を模したような形をしているらしいのだが、それが宙に浮き、空を駆けるというのだから、その姿も圧巻の一言に尽きるらしく、城塞都市に来たのであれば見ない選択は無いという話だ。

そして三つ目は、武器や防具のお店だけが並ぶというボルガルド通り。

僕たちが城塞都市を訪れた理由——まあ、正確には設定なのだが、誕生日の贈り物を買いに来たという理由があった。

それをアランさんに伝えたところ「男の子に対する贈り物といえば剣すよ！」などと言って、この場所を薦めてくれた訳なのだが、観光場所としても有名なようで、武器に興味がない人でも充分に楽しめる場所のようだ。

「行きたい場所か……」

僕は頭を悩ませる。

悩ませるのだが——折角《せっかく》なのだからソフィアちゃんにも楽しんでもらうべきだろう。

僕はそのように考えると、「行きたい場所は？」という質問に対して答えを返す。

「じゃあ、港に行って帆船を見て、見終わったらソフィアちゃんがお薦めするお店とか紹介してもらいたいかな？」

「へ？　私がお薦めするお店？　そんなので良いの？」

「うん、僕は田舎の出身だからさ。お洒落《しやれ》なお店とか教えて欲しいな。駄目かな？」

「だ、駄目じゃないわよ！　可愛《かわい》い雑貨が置いてある店とか、美味《おい》しい焼き菓子を売っているお店を案内してあげる！」

そう言ったソフィアちゃんは、唇に指を添えてうんうんと首を傾げ始める。

そんなソフィちゃんから聞こえてくるのは、紹介したいのであろうお店の名前で、首を傾げながらも何処《どこ》か楽しげな様子だ。

そして、そんなやり取りを見ていたのであろうメーテは――

「優しいというか何というか……女の子を泣かせるような真似だけはするなよ？」

意味深な言葉を口にし、呆《あき》れるかのような笑みを浮かべた。


その後、僕たちは馬車に乗り、港方面へと向かう。

ちなみに、僕たちが乗っている馬車はフェルマー家が所有する馬車のようで、その手綱はモウゼスさんという初老の執事が握っている。

どうやら、ソフィアちゃん一人を送り出す訳にはいかなかったので、モウゼスさんがお目付け役として同行することになったようだ。

ただし、同行とはいっても、少し離れた場所から見守る形を取るようで――

「私は居ないものとして扱って下さって結構ですので」

と、いうことらしいのだが……

「両の袖下に鉄針が五本ずつ。ふむ、暗器使いか」

「さて、なんのことでしょうか？」

その後の会話の所為《せい》で、居ないものとして扱うのは困難となった。

正直、この馬車といい、モウゼスさんといい、フェルマー家に対する疑問は増える一方であったが、そうこうしている間にも車輪は石畳を転がり、暫《しば》しの時間が経過したところで停車する。

僕はモウゼスさんにお礼を言ってから馬車を降りる。

すると、目の前に広がっていたのは水平線を描く真っ青な海。

陽《ひ》の光を反射し、キラキラと水面を光らせる、透明度の高い海だった。

「ははっ……凄《すご》いなぁ」

僕は思わず感嘆の声を漏らしてしまう。

ここ数日「凄い」ばかりを口にしている気がするが、本当に感動した時はそんな単純な言葉しか出てこないのかも知れない。

などと考えていると、視線を彷徨《さまよ》わせる必要もなく巨大な木造帆船が目に飛び込んでくる。

その巨大さも然《さ》ることながら、船体や船首といった場所には過剰ともいえる装飾が施されている。そんな過剰な装飾が施されており、船首で祈りを捧げている女性像を見た僕は、船であることだけを考えれば、必要ないもののように思えてしまう。

が、必要ないと思う部分に拘《こだわ》るからこその芸術であり、採算や効率を度外視しているからこそ浪漫《ろまん》を感じるのだろう。

そのような解釈をし、装飾を手掛けた職人に対して敬意を抱いていると、またも「凄い」という単純な言葉を漏らしてしまう。

そうして、巨大な木造帆船に見惚《みと》れていると――

「いつか――こういった船に揺られて旅をするのも悪くないのかも知れんな」

同じように、帆船を眺めていたメーテがそのような言葉を呟《つぶや》く。

「だが、その時は首輪が必要になるだろうな」

「首輪？　なんで？」

しかし、続いた言葉の意味が分からなかった僕は、疑問を口にする。

メーテはそんな僕に対してニヤリとした笑みを向けると――

「うちのワンちゃんがまた断るかも知れないだろ？　その時の為にだよ？」

手綱を引っ張るような仕草をするメーテを見た僕は、ウルフが嫌がっている姿を想像して、思わず噴き出してしまった。


その後も港の散策を続け、太陽が真上に昇ったところで昼食を取ることになる。

そうして昼食を取る為に入ったのは港に隣接している大衆食堂で、やはり目の前に海が広がっているからだろう。

注文されていたのは魚料理ばかりで、テーブルの横をすり抜けていく給仕の手元を眺めては、アレも美味しそうだ、コレも美味しそうだと目移りしてしまう。

まあ、結局は定番の焼き魚を選んでしまうのが僕らしいともいえるのだが……

ともあれ、魚料理に舌鼓を打った僕たちは、再び馬車に乗って移動する。

目的地はソフィアちゃんのお薦めの店が集まっている商店街だ。

「モウゼスの馬鹿！　なんでモウゼスが全部やっちゃうのよ！」

「すみませんソフィアお嬢様。少しお困りの様子だったので」

が、当のソフィアちゃんは少しばかり不機嫌だ。

その理由は分かっている。

帆船についての説明や、食堂への案内をモウゼスさんが全て担ってしまったからだ。

恐らく、ソフィアちゃんは任された役目をこなしたかったのだろう。

案内を任されたからこそ役目をこなそうとし、役目を奪われてしまったからこそ悔しく感じているに違いない。

「べ、別に全然困ってなんかなかったわよ！　船の説明だってあれからが本番だったし、お店だって次の候補があったんだから！」

違いないが、だからといって嘘《うそ》はよろしくない。

実際、ソフィアちゃんは基本涙目だった。

帆船の説明をしていた際には、旅客船と商船の区別がつかなくなって涙目になり。

昼食の際には、胸を張って案内した店が潰れていると知って涙目になり。

昼食を取っている際には、魚の小骨が喉に刺さって涙目になっていた。

それを見兼ねたのであろうモウゼスさんが、説明や店への案内を代行してくれていたという訳なのだが……

「私が案内を任されたんだもん……」

とはいえ、一生懸命であり、責任感が強いことは確かなのだろう。

そのようなことを思っている内に、馬車は商店街へと辿《たど》り着いたようで――

「アル！　私に付いてきなさい！」

ソフィアちゃんは揚々として馬車を降り、僕とメーテはその後に付いていくことにした。

商店街に辿り着いた僕たちは、まず可愛らしい雑貨屋へと案内された。

「どう、可愛いでしょ？　このお店は銀細工が有名で、特に動物の形をした銀細工は人気があるのよ」

「本当だ。この猫の銀細工とかよくできているよね」

「そうでしょ！　私なんか猫ちゃんだけでも三つも持っているんだから！」

「ふむ、確かに可愛らしいな。大き過ぎず、小さ過ぎず、棚の上に飾っておきたくなる丁度良い大きさだ」

「ですよね！　私も棚の上に飾っているんです！　あっ、この子も家にお迎えしたいな〜」

僕たちは、銀細工を眺め、手に取りながら会話を交わす。

そうしている内に小一時間が経過していたようで、ソフィアちゃんは「あっ」と声を漏らすと、慌てて別のお店へと案内する。

そして、その後も様々なお店を巡り――

「このお店も雑貨店なんだけど、この店はガラス細工が有名で――」

「ここの本屋さんには専属の作家さんがいて、挿絵の多い本が沢山あって――」

「この焼き菓子はどれも美味しいんだけど、特に木苺《きいちご》の焼き菓子が美味しくて――」

――気が付けば陽は傾き始めており、ぽつりぽつりと街灯が灯《とも》りつつあった。

「ふぅ、今日はたくさん歩いたわね～」

「色々なお店を回って歩いたからね」

僕たちは広場にあるベンチに腰を下ろし、疲労した足を休ませる。

「でも、今日は本当に楽しかったよ。案内をしてくれてありがとうね」

「お礼なんて……必要ないわよ。わ、私も楽しかったし！」

そう言ったソフィアちゃんは、先程購入した果実水――木製のカップに満たされた果実水を麦藁《むぎわら》のストローで喉へと運ぶ。

そうして広場のベンチに腰を下ろし、今日あった出来事を振り返っていると――

「おや、どうやら付いてきてしまったようだな？」

ベンチに腰を下ろすことなく木製のカップを傾けていたメーテが、ソフィアちゃんの隣を指差した。

「付いてきた？　あっ、猫ちゃんだ」

指差した先には銀細工の猫が置かれており、それを見たソフィアちゃんは頬《ほお》を緩ませる。

「ん？　なになに？　『お迎えしたいって言っていたから付いてきたにゃあ』だと？　まったく、仕方のないやつだな……と、いう訳でソフィア。申し訳ないんだがこの子を引き取ってもらうことはできないだろうか？」

「え、えっと」

ソフィアちゃんは少しだけ申し訳なさそうな、遠慮がちな表情を見せる。

「ふむ、『良い子にするにゃ〜。お願いだにゃ〜』と、言っているようだぞ？」

しかし、メーテが笑い掛けると、メーテと銀細工の猫との間で視線を往復させ――

「んもぅ、仕方ないから家で面倒を見てあげる！　メーテさん、ちゃんとお世話しますね！」

ソフィアちゃんは、銀細工の猫を手に握り、満面の笑みをメーテへと向けた。

僕たちは、果実水で喉を潤しながら雑談に興じる。

しかし、そうしている内に徐々に人が集まりだし、広場は、ちょっとした活気に包まれることになる。

周囲を見渡せば、人族と呼ばれる人たちの他に、獣人と思われる人や、童《わらし》族だと思われる人。魔族やドワーフと思わしき人が見受けられた。

その為《ため》――

「何度も見掛けていたから知っていたけど、城塞都市では【輪人】が多く暮らしているんだね」

「アル！　それは駄目だ！」

「ば、馬鹿！　何言ってるのよ！」

自然とそのような言葉を口にしてしまったのだが……これが良くなかった。

「ちっ、差別主義者が」

「ねぇ、冷めちゃったから帰らない？」

「ああ、そうするか」

周囲に居た人たちが、そのような言葉と共に僕のことを睨《にら》みつける。

「え、えっと……」

僕は、睨まれる理由に心当たりがなかったので、意味も分からず狼狽《うろた》えてしまう。

「ご、ごめんなさい！　悪気があって言った訳じゃないんです！　わ、私が怒っておくので許して下さい！」

「私の教育不足で嫌な思いをさせてしまったな……詫《わ》びになるかは分からないが、頭を下げさせてくれ」

「わ、私も！」

狼狽える僕を他所《よそ》に、揃《そろ》って頭を下げるメーテとソフィアちゃん。

実際、頭を下げる理由は分からなかったのだが、それでも、不快にさせる言葉を僕が口にしてしまったのであろうことは理解できた。

「す、すみませんでした！」

従って、僕は謝罪をすると共に頭を深く下げる。

すると、想《おも》いが伝わったのだろうか？

「悪気がないのは分かったから頭を上げてくれ。これじゃあ、俺たちが悪者に見えちまう」

「頭を下げられちゃったらね……それで責め続けるのは格好が悪いよなぁ」

「そうだな。まあ、折角《せっかく》来たんだし、気を取り直して見てから帰ることにしようぜ？」

「ええ、そうしましょうか……坊や、お友だちとお姉さんに感謝しなさいよ？」

周囲の人たちは、僕から視線を切って背中を向ける。

僕はその背中にもう一度謝罪を伝えると、ベンチに腰を下ろすことなく立ち尽くした。

しばらくそのようにしていると、ソフィアちゃんから小声で声が掛かる。

「はぁ、怖かった……城塞都市だからこれで済んだけど、場所が場所なら殺されてもおかしくなかったんだからね？」

「へ？」

「全然分かってないみたいね……さっきアルが口にした輪人っていうのは差別用語なのよ」

「差別用語？」

僕が尋ねると、ソフィアちゃんから引き継ぐようにしてメーテが話を続ける。

「ああ、輪人という言葉は、今でいう【亜人】を差別する為の言葉であり、侮辱的なものなのだよ」

「ぼ、僕は侮辱するつもりなんて——」

「それは重々分かっているさ。恐らくではあるが、アルは家にある古い文献——輪人という言葉が当たり前に使用されていた時代の文献を読んで、輪人という蔑称を覚えたのだろう。しかし、その経緯までは理解していなかった。奴隷として虐げられ、四肢に【輪】を嵌《は》められ続けたからこそ、【輪人】という蔑称が付けられたと理解していなかったのだろうな」

「ど、奴隷……」

「だからこそ容易に輪人という言葉を口にしてしまった。まあ、そういった部分にまで教育の手をまわすことができなかった私の責任でもあるんだがな……」

メーテの話を聞いた僕は、自分が酷《ひど》い言葉を口にしていたことを自覚する。

それと同時に、僕の至らなさの所為で二人に頭を下げさせてしまったことを反省し、頭を下げて謝罪をするのだが――

「別に謝らなくても良いわよ！　まあ、ちょっと怖いとは思ったけど……わ、私たちは友だちでしょ？　友だちの為なら少しくらいは身体《からだ》を張るわよ！」

「へ？」

僕は予想外の言葉を聞いたことにより、呆《ほう》けた声を漏らしてしまう。

「へ？　ち、違うの？」

「違わないよ！　僕とソフィアちゃんは友だちだよ！」

「そ、それなら良かったわ！　それと！　友だちなら『ちゃん』なんて要らないわ！　友だちの証《あかし》として、ソ、ソフィアって呼ぶことを許してあげる！」

僕は一瞬だけキョトンとしてしまう。

が、それと同時に嬉しさも込み上げてきて――

「じゃあ、これからはソフィアって呼ばせてもらうことにするよ」

僕は異世界でできた初めての友だちに笑顔を返した。

そして、その瞬間。

「アル！　上を見て！」

ソフィアは大声を上げる。

その声に従って上空を見ると、鳥だろうか？　いや、有り得ないけど魚のようにも見える。

鳥とも魚ともいえない形の巨大な物体が、僕たちの上空を通過していく。

「あれは……もしかして飛空艇？」

「ええ、どうせ飛空艇を見に行く予定はあったんでしょ？　でも、観光客用に案内されている場所から見ても味気ないもの。だからこの場所に連れてきたの。地元の人だけが知っている特別な場所にね」

僕は少し泣きそうだった。

水色の羽をはためかせ、流線形の船体を夕日を背景に泳がせる飛空艇に感動したからだ。

現実離れした幻想的な光景に、心を奪われてしまったからだ。

同じものを見て、同じように感嘆の声を上げる周囲の人々と一体感を覚えたからだ。

そしてなにより——

「ね？　凄《すご》いでしょ？」

夕日に染まった顔で笑い掛ける、幼い少女の優しさが嬉しかったからだ。

感動冷めやらぬまま、僕たちは帰路へとつく。

陽《ひ》が落ちてきたということもあり、路地に構えていた屋台も帰り仕度を始めている。

そんな様子を眺めていると、ソフィアが一瞬だけ立ち止まり、すぐに歩みを再開させた。

その様子を見ていた僕は、一瞬だけ足を止めた理由を探り始める。

すると分かったのは、足を止めた付近に店じまいを始めている屋台があり、その屋台が色とりどりの硝子玉《ガラス》を扱っているということだった。

僕はその屋台の前で立ち止まる。

「お？　買っていくかい？　一つで銅貨一枚だよ」

「えっと、ここはどういったお店ですか？」

「どういったお店って……そこに硝子玉と革紐《かわひも》が並んでいるだろ？　好きな色を組み合わせて首飾りを作るお店だよ」

僕は成程と頷《うなず》くと、前方を歩いていたメーテたちへと視線を送る。

どうやら、僕が立ち止まったことに気付いておらず雑談を交わしている様子だ。

そんな二人の姿を確認した僕は、腰に提げていた革袋の紐を緩めて中身を数える。

「じゃあ、緑色の硝子玉と赤色の革紐でお願いできますか？」

そして銅貨を一枚だけ取り出すと、女性店主に注文を伝えることにした。

「赤と緑だね。ちょっと待ってな」

注文を受けた女性店主は手早く作業に取り掛かる。

僕はその作業を眺めながら、前方を歩く二人の姿をチラチラと確認する。

が、そうしている内に、僕がいないことに気付いてしまったのだろう。

「まったく、買い物をしたいのであれば一声掛けてからにしてくれないか？　いないと思って一瞬焦ってしまったよ」

「ぷぷっ、怒られてやんの」

メーテは踵《きびす》を返すと呆《あき》れ顔を浮かべ、ソフィアには指を差されて笑われてしまう。

まあ、実際そのとおりなので反論の余地もなく、ぐうの音も出ない訳なのだが……

「はい、出来上がり」

「ありがとうございます。と、いうことで、これは今日のお礼」

「へ？　これを私に？」

メーテに倣ってこっそりと――と、言ってしまうと格好悪い気がするが、今日のお礼としてソフィアに贈り物を用意してあげたかったのだ。

「本当に良いの？」

「うん。まあ、メーテみたいに上手な渡し方はできなかったけどね……」

「そんなことは気にしないし！　それより！　……首に提げてもらっても良い？」

「僕が？　分かった。ちょっと待ってね」

僕は首飾りの金具を外すと、ソフィアの首元で嵌め直す。

「どう？　似合う？」

「うん。自分で言うのもなんだけど、色も似合っていると思うよ」

「色？　そっか、私の瞳と髪の色なんだ……うへへぇ」

緑の硝子玉に触れ、顔を綻ばせるソフィア。

その姿を見た僕は、釣られるようにして顔を綻ばせる。

そして、贈り物を喜んでもらえたことを嬉しく感じていると——

「ふむ、ちと首元が寂しいな」

メーテの声が耳へと届く。

「これはあれだな。世に言う、首元が寂しくて死んでしまうかも症候群というヤツだな」

「く、首元が寂しくて死んでしまうかも症候群？」

咄嗟《とっさ》に聞き返してしまったが……断言する。そのような症候群は存在しない。

「が、気にするな。こんなものはどうとでもなる。幸運なことに、目の前にあるのは首元の寂しさを解消する店。それを購入する金銭も勿論《もちろん》持ち合わせている。後は好きな物を選び、金銭のやり取りを行うだけで問題は解決だ」

身振り手振りを加え、よく分からない話をメーテは続ける。

「とはいえ、こういったものを自分で買うというのも味気ないな。ああ、別に催促している訳ではないぞ？　まあ、少しは羨ましいとも思ったし、私もアルに選んでもらいたいとは思ったが、あくまで思っただけだからな。だから……だから気にずるなぁ」

気にするなと言うのであれば、涙目になるのをやめて頂きたい。

「僕が言うのもあれだけど、メーテも素直じゃないな……」

とはいえ、メーテが涙目になる理由を理解できないほど鈍感ではない。

従って僕は、素直じゃないメーテが素直になれるように声を掛ける。

「えっと、メーテはどれが良い？」

「べ、別に気を遣わなくて良いのだぞ？」

「それじゃあ、いらないの？」

「いいい、いるわい！　私もアルにお任せする！　さあ、選ぶのだ！」

少しだけ意地悪な聞き方をすると、驚きの早さで手のひらを返したメーテ。

余りにも早い手のひら返しに、僕は思わず苦笑いを浮かべてしまう。

「メ、メーテの場合は赤色の硝子玉と銀色——は、ないみたいだから白の革紐でも良い？」

「うむ！　構わん！」

僕は苦笑いを浮かべながらも、硝子玉と革紐の組み合わせを選ぶ。

「じゃあ、メーテの分は赤と白だね。だけどそうなると……ウルフの分も用意してあげたくなるよね」

続けて、ウルフの分も購入しようと考えた僕は独りごちるのだが、知らない名前が挙がったことで疑問に思ってしまったのだろう。

「ウルフっていうのは？」

ソフィアが首を傾《かし》げて疑問を口にする。

「えっと、今回の旅行には同行できなかったけど、僕にはもう一人の家族が居るんだよ」

「それがウルフさんっていう人？　どんな人なの？」

「どんな人か〜……」

疑問を受けた僕は、疑問に答える為《ため》にウルフの姿を思い描く。

思い描くのだが……

「なんていうか……まあ、綺麗《きれい》な黒毛と金色の瞳が特徴的な感じかな？」

狼《おおかみ》姿のウルフと、人化の法を使用したウルフが同時に浮かんできて、混乱した僕は、どちらにも共通する特徴を口にしてしまう。

「ず、随分と大雑把《おおざっぱ》な説明なのね？」

「は、ははっ……と、いうことで、ウルフの分は黄色の硝子玉と黒の革紐かな」

その結果、ソフィアに呆れたような視線を向けられてしまったのだが、そうしている内に注文の品が出来上がったようで――

「ア、アル！　わ、私の首にも提げてくれ！」

「じ、じゃあ、少しだけしゃがんでもらっても良いかな？」

「うむ、分かった！」

僕は女性店主から首飾りを受け取ると、ソフィアの時と同様にメーテの首へと提げる。

「ど、どうだ！　似合っているか⁉」

「う、うん。凄く似合っていると思うよ？」

「そうかそうか！　似合っているか！　くふっ……くふふっ！」

赤い硝子玉を首元で揺らしながら、満面の笑みを浮かべるメーテ。

対して僕は、なんともいえない複雑な笑みを溢《こぼ》してしまう。

そして、子供のようにはしゃぐメーテを眺めていると――

「あれ？　メーテさんだけ違うんだ」

疑問の含まれたソフィアの独り言が、僕の耳へと届くのだった。

第十二章　禍事を歌う魔女

本日は旅行五日目。

僕とメーテは、宿屋の食堂で朝食を取りながら本日の予定について話し合っていた。

「で、今日はフェルマー家に招かれる予定がある訳だが、待ち合わせの時刻まで時間を浪費してしまうのは流石《さすが》に勿体無《もったいな》いからな。それまで観光を楽しむことにしよう。何処《どこ》か行きたい場所はあるか？」

そう言ったメーテは焼き立てのパンに小さな歯型を付ける。

続けて蒸《ふ》かされた芋を口に運ぼうとするのだが――

「くふふっ……どうだ？　羨ましいだろう？」

その手を止め、代わりに赤い硝子玉を撫《な》でると、実に自慢げな笑みを浮かべた。

「そうだね～羨ましいな～」

実際、それは僕からの贈り物なので、特段羨ましいとも思わない。

が、昨日ソフィアと別れてから今に至るまで、延々と自慢され続けているのだ。

流石に返す言葉が尽きたし、雑な対応にもなるというものだ。

まあ、そのようなことはさて置き。

メーテが言ったように、ただ予定を待つというのは時間が勿体無いだろう。

僕はそのように考えると、アランさんがお薦めしてくれた場所——

「じゃあ、ボルガルド通りに行ってみようよ」

武器や防具の店が建ち並ぶという、ボルガルド通りを候補として挙げることにした。

その後、ボルガルド通りに向かうことが決定し、僕たちは徒歩での移動を始める。

どうやら、宿屋から大きく離れていないようなので、散策がてらに徒歩での移動を決めたという訳だ。

そして、その道中なのだが——

「き、昨日の商店街とはまた趣が違うんだね」

「そうだな。昨日ソフィアに案内されたのは山の手、今私たちが歩いているのは下町といった感じだからな。趣一つとっても変わってくるだろうさ」

如何《いか》にも——と、いうと失礼なのかも知れないが、メーテが言うように下町という印象を受けることが多かった。

例えば青果店。青果店には極彩色の果物や、人の形をした人参《にんじん》のようなものが並んでおり、精肉店には人が口にして良いのか分からない、毒々しい色の肉が並んでいた。

その他にも、怪鳥を思わせる鳴き声を響かせ、換気口から薄紫色の煙を吹き上がらせる雑貨店。

奇抜な色をした菓子を扱い、お客に対して悪態を吐《つ》く菓子屋の店主。

何処か怪しげで、何処か楽しげな商店街の雰囲気は、前世で迷い込んだことのある下町を彷彿《ほうふつ》とさせ、散策する僕を一つも飽きさせることはなかった。

そうして辺りを見回しながら商店街を歩いていた訳なのだが、改めて気付いたことがある。

それは、人族以外にも亜人を多く見掛けるということだ。

昼間から酒をかっ喰《く》らうドワーフや、骨付き肉にかぶり付く獣人。

甘味《かんみ》に舌鼓を打つ童《わらし》族や、人族と楽しげに談笑する魔族。

昨日の【輪人】発言を反省した僕は、亜人についてメーテから教わることにしたのだが、教わった歴史とかけ離れた光景だった為に疑問を覚えてしまう。

が、メーテ曰《いわ》く――

「まあ、昨日教えたように、亜人は奴隷として扱われていた事実があり、歴史を鑑みても人族に対して――或《ある》いは、違う種族に対して相容《あいい》れぬ感情を抱く者が多いのも確かだ。だが、歴史を受け止めたうえで歩み寄り、共存を望む者が居ることも確かだからな。要は、種族という括《くく》りに囚《とら》われることなく、一個人として接することが大切なのかも知れないな」

とのことで、僕は昨日の発言を改めて反省させられることになった。

それから十数分ほど歩いただろうか？

僕たちは目的であったボルガルド通りへと到着する。

「なんか、急に暑くなった気がするね？」

「まあ、此処《ここ》に軒を連ねる建物の全てが鍛冶屋だから。暑くも感じるだろうさ」

僕は周囲の様子を確認する。

すると分かったのは、観光客が大勢おり、通りの店々からカーンカーンという硬質で甲高い音が鳴り響いているということだった。

つまりは、建ち並ぶ店の殆《ほとん》どの炉に火が入っているということで、そう理解した僕は、道理で暑く感じる筈《はず》だと納得してしまう。

そうして、ボルガルド通りへと足を踏み入れ、店先に並べられた武器や防具に目を通していく。

「鉄製の槍《やり》だ……斧《おの》もあるし、これはメイス？」

剣や槍、斧やメイスといった武器を目の当たりにした僕は、実際に手に取り重量を感じたことで気持ちが高揚していく感覚を覚える。

しかしその反面、その重さが骨を砕く為のものであり、その鋭さが肉を裂く為のものだと理解すると、背中に冷たいものを感じる。

それに加えてだ。それらの武器が向けられる矛先は魔物だけに限らない。

そのように理解した僕は、ゾッとしたものを感じ、尻込みするようにして手に持った武器を置くことになってしまった。

その後も散策は続き、店先に並べられた商品に目を通していると――

「そういえば、誕生日の贈り物を買う為に城塞都市を訪れた――という設定だったな。そのナイフも刃毀《はこぼ》れが目立つようになってきたことだし新調することにしようか」

メーテから声が掛かり、僕は腰に差していたナイフの刃を思い浮かべる。

「確かに刃毀れが目立つようになってきたけど……まだ使えると思うよ？」

このナイフには何度もお世話になっており、長い間使用していたので愛着が湧いていた。

その為、できることなら駄目になるまで使用してあげたいというのが本音だった。

しかし、そんな僕の内心など簡単に見透かされてしまったのだろう。

「長い間世話になったからな。アルが愛着を持つ気持ちは理解できる。しかしアル。武器というのは自分の命を預ける物だ。状態が悪くてはアル自身安心して命を預けられないだろうし、私としても心配なのだよ。それに、武器を新調するからといってそのナイフを破棄する訳ではないからな。今後も丁寧に手入れし、家使いにしてやれば良いさ」

メーテはそう言うと、「お疲れ様」といった手つきでナイフの柄を撫《な》でた。

「そっか……うん。そうだよね」

僕はメーテの言葉にそのとおりだと頷《うなず》く。

メーテが言うように、今後は家使いにし、大切に扱い続ければ良いのだろう。

そのように考えた僕は、メーテの提案を受けることを決め――

「じゃあ、折角《せっかく》だし新しいのを買おうかな？」

「ああ、そうするといい」

そう伝えると、武器を新調する為に、改めて武器屋巡りをすることにした。

「アルも背が伸びてきたことだし、ナイフではなく剣を購入してみたらどうだ？」

そんなメーテの提案により、僕に扱えそうな剣を探し始めたのは良いのだが、なかなか見つけることができず、気が付けば小一時間ほどが経過していた。

「存外見つからぬものだな」

「そうだね。微妙に大きさが合わないというかなんというか……」

幾つかの店舗を巡ってみたのだが、成人向けに打たれた剣が殆どで、僕の身長に見合った剣は何処も取り扱っていないようだった。

そんななか、これなら振れそうだと思った剣もあったのだが、実際に握ってみるとどうにも手に馴染《なじ》まず、扱い辛《づら》さを感じてしまう。

「やっぱりナイフにしておこうかな……」

扱い辛い剣を購入するくらいであれば、使い慣れたナイフを購入するべきだろうか？

そのように考え、剣の購入を半ば諦めかけていると――

「あれは？」

ふと、店先に並んでいた一本の剣に視線が留まる。それは片刃の剣であった。

思わず近づき、手に取って観察してみると、その剣が僅かな曲線を描いていることが分かる。

片刃に曲線。否応《いやおう》なしに【刀】という言葉が浮かんでくるのだが、そこから更に観察してみると、それが間違いであることに気付く。

拙い知識ではあるが、刀には反りや刃文といった要素が必要であると記憶していた。

しかし、この剣には反りのようなものはあるが、刃文を見受けることはできない。

そういった点から見れば、刀と呼ぶのではなく、片刃の曲剣と呼ぶのが正解なのだろう。

「格好良いな……」

とはいえ、前世から馴染みのあるその形に、僕の心は惹《ひ》かれていた。

そして、そんな片刃の剣に見入ってしまっていると――

「少年。その剣に興味があるのかい？」

活発そうな十代半ばくらいの女の子――店員だと思われる女の子に声を掛けられる。

「は、はい。珍しい形をしていると思って」

「お目が高いね～。それはうちの親父《おやじ》が作った片刃剣なんだけど――他にも似たような剣があるから店の中も見ていくかい？」

「はい、お願いします」

「了解。付いてきてよ」

僕は女の子の後を追うようにして店内へと足を踏み入れる。

店内には片手剣や長剣、槍にメイスといった武器が並べられており、僕はそれらに目を奪われながら店の奥へと案内されて行く。

そして店の最奥――陽《ひ》の当たらない一角に案内されたところで女の子は口を開いた。

「此処にあるのが片刃剣だよ。一応、親父の一押しだから店先に置いておくようにはしているんだけど、どうにも人気がなくてこんな扱いなんだよね……」

「人気がないんですか？」

「うん。親父は『コイツは斬ることに特化した剣だ』って言っていたんだけど、切れ味を保つには手入れが大変みたいでさ。加えて、うちのお客は切れ味なんかある程度あれば問題無いって連中ばかりだから……決して性能が悪い訳じゃないんだけど、そんな理由でいまいち人気が出ないんだよね」

女の子の話を聞き、僕は成程と頷く。

僕の記憶が確かなら、西洋の剣というものは押し切る、叩《たた》き切る、突くといった攻撃に使う武器であった筈だ。

そして、そのような剣の扱い方をする者が大半だとしたら、手間をかけてまで切れ味に固執する者は少なく、片刃剣に魅力を感じる者も少なくなってしまうのだろう。

などと考え納得していると――

「この剣を見させてもらっても良いですか？」

一本の剣で視線が止まる。

「どうぞ、どうぞー」

店員さんの許可を貰《もら》い、僕は手に取った剣を三分の一ほど鞘《さや》から抜く。

すると分かったのは、やはり片刃であり、僅かな曲線を描いているということ。

柄《つか》や鍔《つば》と呼ばれる部分には西洋風の装飾が施されているものの、刀を彷彿とさせるには充分な姿形をしているということだった。

恐らく、これは前世の記憶を持ち合わせているが故の性《さが》なのだろう。

刀を彷彿とさせる片刃剣を握っていると、否応なしに気持ちが高揚していくのが分かり、欲しいという気持ちが込み上げて来てしまう。

そして、そんな気持ちを後押しするかのような刃渡り——片刃剣は脇差に分類されるくらいの刃渡りで、僕の身長でも問題無く振れる長さをしていた。

「この剣なら」

そのように思い、実際に口にしたことで、僕は高揚した気持ちを抑えきれなくなり——

「こ、この剣を売って下さい！」

気が付けば、自然と購入の意志を示していた。

「おおー、お買い上げありがとね！　えっと、値段は金貨三枚と銀貨二枚だけど……うちの剣のお得意様になってくれることを願って金貨三枚にまけておくよ！」

が、店員さんが値段を告げたことにより僕の肩は跳ね上がる。

続けて、慌てて財布の紐《ひも》を解《ほど》くと中身を数え始めるのだが、今まで魔物を狩ってきた報酬としてメーテから渡されていたお小遣いでは足りそうにない。

「あ、あの……お金が足りなかったみたいで……」

従って、お金が足りないことを素直に伝えようとしたのだが……

「誕生日の贈り物という話をしたばかりだろ？　ここは私に任せておけ」

そんな僕を横目に、革袋から三枚の金貨を取り出したメーテ。

「こ、こんな高い物買ってもらえ──ふぐっ⁉」

「この剣が気に入ったのだろう？　だったら遠慮などするな」

メーテは、手のひらで強引に僕の口を塞ぐと、カウンターの上に金貨をトンと置く。

「まあ、気が引ける気持ちも分からんでもないが、こう見えてそれなりに蓄えがあるからな。こういう時くらい格好つけさせてもらえると助かるんだが？」

そして、女の子から片刃剣を受け取ると、僕の方を向いて少しだけしゃがみ──

「アル、誕生日おめでとう。大切に扱うんだぞ？」

お祝いの言葉を贈ると共に、片刃剣を手渡した。

正直、こんな高い贈り物を貰っても良いのだろうか？　といった思いはある。

が、本音を言えば嬉《うれ》しいという気持ちの方が強く、感謝の気持ちでいっぱいだ。

だからだろう。僕はどのような言葉を口にして良いか迷ってしまう。

しかし、そんな僕を見兼ねたのだろう。

「じゃあ、いらないのか？」

メーテは悪戯《いたずら》げな表情を浮かべながら尋ねる。

そう尋ねられた僕は、それが昨日、自分で口にした言葉であることに気付くと——

「い、いるよ！　ありがとうメーテ！　大切にするね！」

昨日のメーテのように、素直な気持ちを伝えることとした。


ボルガルド通りを後にした僕たちは一度宿屋へと戻る。

部屋に荷物を置き、軽く身支度を整えた頃には待ち合わせの時間まであと僅かとなっており、僕たちは急いで待ち合わせ場所の停留所へ向かうことにした。

それから程なくして停留所へと辿《たど》り着く。

広場中央に設置されていた時計を見れば、時計の針が十七時少し手前を指しており、どうやら間に合ったようだと胸を撫《な》で下ろす。

続けて、ほうと息を吐いた瞬間。

「昨日はソフィアお嬢様がお世話になりました」

後方から声が掛かり、僕は振り返って声の主を確認する。

すると、そこには撫でつけた白髪が似合う老紳士の姿——目にはモノクル、手には白の手袋、執事然とした黒服に身を包んだモウゼスさんの姿があった。

「こちらこそ昨日はお世話になりました」

僕が頭を下げると、モウゼスさんは皺《しわ》の刻まれた顔で笑顔を返し、一台の箱馬車へと案内してくれる。

「では、こちらへどうぞ」

そうして案内された箱馬車は外装どころか馬までも黒で統一されており、如何《いか》にもな高級感に僕は少しだけ気圧《けお》されてしまう。

とはいえ、乗車しないことには話が進まないことは分かっている。

僕は戸惑いながら乗車すると、程なくして馬の嘶《いなな》きが響き渡り、それを合図にするかのように、車輪は石畳の上を転がることになった。


それから十数分馬車に揺られたところで、馬車はゆっくりと速度を落としていく。

「到着いたしました。お降りの際は足元にお気をつけ下さい」

どうやらフェルマー家に到着したようで、僕は足元に気を配りながら馬車から降りるの質問をしてしまう。

「左様でございます」

馬車から降りた瞬間、僕の目に巨大な屋敷の姿が飛び込んで来た為《ため》、思わず間の抜けた

「えっと……ここがパルマさんとソフィアの家でしょうか？」

だが……

実際、パルマさんが商店の長《おさ》であることは聞かされていたし、この馬車やモウゼスさんの存在からもある程度大きな屋敷に住んでいるのだろうと予想していた。

しかし、部屋数が三桁近くありそうな屋敷であるというのは流石《さすが》に予想外だ。

「「メーティー様、アルディノ様。ようこそおいで下さいました」」

更には、十数名からなるメイドのお出迎え付きなのだから予想外が過ぎる。

などと考え、呆《ほう》けてしまっていると――

「ようこそフェルマー邸へ」

モウゼスさんに案内され、両開きの玄関をくぐることになった。

屋敷内へと案内された僕は、またしても間の抜けた声を漏らすことになった。

僕の目に映ったのは、玄関から階段へと向かい、真っ直《す》ぐに延びた赤色の絨毯《じゅうたん》。

階段を上るようにして敷かれており、踊り場から二手に分かれるようにして左右の階段へと延びている。

そして、そんな踊り場の中央には、気難しそうな印象を受ける男性の肖像画。

更に周囲を見渡せば、高級そうな絵画や調度品が嫌味《いやみ》にならない間隔で飾られている。

如何にもお屋敷といった光景。そんな光景を目の当たりにし、何となく場違い感を覚えてしまっていると——

「いらっしゃいアル！　メーテさん！」

バタバタと足音が響き、二階廊下の奥からソフィアが姿を見せる。

「今日は先日のお礼だから、ゆっくりしていくと良いわ！」

そう言うと、手すりに手を置いて階段を降り始めるソフィア。

そんなソフィアの格好を見ると、如何にもお嬢様といった赤いドレスで身を飾っていることが分かる。加えて、所々に黒が差し色として使用されているからだろうか？

今日のソフィアはどこか大人びており、幼い印象は鳴りを潜めていた。

その為、僕は素直な感想をソフィアへと伝えることにしたのだが——

「うん。今日は家に呼んでくれてありがとう。それと、そのドレス、ソフィアに凄く似合っていると思うよ。あっ、昨日の贈り物も付けてくれているんだ？　ありがとうね」

「――ッ！　ほ、褒められたって嬉しくなんてないんだから！　アルのあほう！」

何故《なぜ》か阿呆《あほう》呼ばわりされることになってしまった。

とはいえ、ソフィアの表情を見れば、口元が緩むのを必死に堪《こら》えているようなので、一応は喜んでくれているのだろう。

そして、そんな僕たちのやり取りを見ていたのであろうメイドさん方。

「えっ？　ソフィアお嬢さまが妙に張り切っていたのってそういうこと？」

「あの気難しいソフィアお嬢さまが！」

「やだぁ甘酸っぱい！」

などと会話を交わしながらキャッキャしている。

そんな会話もモウゼスさんが咳払《せきばら》いを一つするとピタリと止まった訳なのだが。


それから程なくしてパルマさんも姿を見せる。

どうやら、パルマさんも今日はおめかしをしているようで、仕立ての良さそうな背広やタイがパルマさんの真面目な印象を際立たせていた。

「メーテさんにアル君、今日は招待を受けて下さりありがとうございます。先日のお礼として温かい料理に冷たい飲み物――それにお酒なんかも用意していますので、ゆっくりと食事を楽しんでいって下さいね」

そう言ったパルマさんは、僕たちを数ある扉の一つ——食堂と書かれた扉の前へ案内する。

パルマさんに代わりモウゼスさんが扉を開くと、そこにあったのは数脚の椅子と十人以上で囲めそうなテーブル。

加えて、先ほど案内してくれたメイドさんたちが待ち構えていて、パルマさんが手を叩くと、メイドさんたちによって、ビロードの張られた椅子が引かれる。

その様子に面喰《めんく》らってしまったのだが、メイドさんにお礼を言ってから席に着くと——

「それではモウゼス、料理を運ばせてくれ」

「分かりました旦那様」

パルマさんは料理を運ぶようモウゼスさんに伝え、それと同時に部屋の奥から次々と料理が運び込まれてくる。

そしてあっという間に多くの料理が並べられ、テーブルの上は賑《にぎ》やかなものへと変わっていった。

正直、場の雰囲気からしてコース料理が出てくるのを想像しており、マナーを知らない僕は少しだけ不安だったのだが、そのような想像とは違い、好きな物を好きなだけというビュッフェ形式での食事が行われるようだ。

パルマさん曰《いわ》く――

「立場的に形式ばった食事会には参加しますが、あまり堅苦しいのは好きじゃないんですよね。ですので、このような形の食事会にさせてもらった訳なのですが……もしかしてコース料理とかの方が良かったりしました？」

とのことらしく、僕はパルマさんの配慮に感謝することになった。

その後、全員の元に飲み物が行き渡り、パルマさんがお礼の言葉を述べ終えたところで食事会が始められることになった。

見たことのない魚料理や、辛みの利いた煮込み料理、希少な部位を使用した肉料理など、パルマさんの家で出された料理の数々は高級感があり、メーテの手料理とはまた違った美《お》味《い》しさがあった。

見たことのない食材や調理方法の説明を聞きながら、美味しい料理に舌鼓を打っていると自然と会話も弾んでいく。だからだろう。

「メーテさんも結構いける口ですね？　どうです？　次はこれを空けてしまいますか？」

「ほう、その年数……ファブ・ドルトの当たり年だな？」

「お目が高い。まさにそのとおりです」

メーテとパルマさんのお酒の手も進んでいくのだが……これを止めなかったのが間違いだった。

初めは普通に会話を交わしていたのだ。

「ですので、妻を病で亡くしてからというもの、後妻を娶《めと》ることもなくソフィアを育ててきた訳なのですが——だからでしょうね。駄目だと分かっていてもソフィアを過保護に扱ってしまうんですよ」

「まあ、パルマの気持ちは分からないでもないが、子育てには適度な距離感というものが必要だからな。時には距離を置き、子供の成長を見守ることも大切なのかも知れないな」

「そうですね……ははっ、なんとも耳が痛い」

まあ、連日の添い寝で物理的に距離を詰めてくる人の言葉とは思えないが、初めは普通に会話を交わしていたのだ。

しかし、そのような会話と共にお酒を酌み交わしている内に、少しずつ酔いが回ってきてしまったのだろう。

「ソフィアは少し気難しいところがありますが、本当に優しい子でしてね。この前なんか——」

「最近なんて私が疲れていると思ったのでしょうね。肩を揉《も》んでくれましてね——」

「私の誕生日なんかは帰りが遅かったというのに、起きて待っててくれていたんですよ——」

「兎《と》に角《かく》！　ソフィアはこの世に遣わされた天使なんじゃないか!?　そのようなことを常々私は思っているのですよ！」

パルマさんは娘自慢を始めてしまう。

そのような娘自慢を聞き、そっとソフィアへと視線を向けてみれば——

「パパのばかぁ……」

ソフィアは顔を真っ赤にしながら目尻に涙を溜《た》め、子兎《こうさぎ》のようにプルプルと震えている。

恐らく、ソフィアの精神はゴリゴリと音を立てて削られていることだろう。

そんなソフィアを見た僕は、胸の内で手を合わせ「ご愁傷さまです」と呟《つぶや》くのだが……

「うちのアルだって天使だ！」

「ぐふっ!?」

不意打ちのような一言に、僕は口に含んでいた果実水を吹き出しそうになってしまう。

そして、そんな僕を他所《よそ》にメーテが口にしたのはこのような言葉の数々で。

「うちのアルなんかこの前料理を作ってくれてだな——」

「私の誕生日なんかには野兎を狩ってきてくれてだな——」

「寝顔なんか！　あれ？　私は死んでしまって天使が迎えに来たのか？　いや、違う！

なんだアルじゃないかぁ～ってくらい可愛《かわい》いんだぞ！」

ねぇ、やめて頂けません？

僕の精神は、ソフィア同様にゴリゴリと削られて行く。

しかし、精神が削られて行く僕たちを他所に、「ソフィアだって！」「アルだって！」と過保護たちの不毛な言い合いは続けられ、ふとソフィアに視線を向けて見れば、キラキラとした緑色の瞳からは一切の光が失われていることが分かった。

そして、恐らくは僕の目も同様で……

などと考えているとソフィアと目が合い――そこに言葉など必要なかった。

僕たちは無言で頷《うなず》き合うと、そっと食堂を後にすることになるのだった。


食堂を後にした僕たちは、とある一室へと避難する。

部屋を見渡せば天蓋付きのベッドに沢山のぬいぐるみ。

棚には女の子が好みそうな小物が並べられており、その中に銀細工の猫を見つけた僕は、この部屋がソフィアの部屋であることを理解する。

ソフィアは僕に椅子を用意してくれると、自分はベッドの端に腰を掛ける。

「はぁ、パパが私のことを大切に思ってくれるのは嬉《うれ》しいし、感謝もしているんだけど、流石にさっきのは耐えられなかったわ……」

「同じく。さっきのは流石に耐えられなかったよ……」

そう言った僕たちはお互いに苦笑いを浮かべ合う。

「一度お礼は伝えたけど、改めて伝えさせてもらうわね。アル、オークから助けてくれてありがとう」

顔を赤くしながら俯《うつむ》きがちにお礼の言葉を伝えるソフィア。

充分にお礼の気持ちは受け取っていたので、僕は「気にしないで」と伝えるのだが。

「……気にするなって方が無理よ」

「でも、本当に気にしなくて大丈夫だよ？」

「……はぁ、アルの馬鹿」

ソフィアは納得してくれなかったようで、少しだけ拗《す》ねるような素振りを見せた。


その後、僕たちは雑談に華を咲かせる。

「ところで、どうしてアルはそんなに強いの？」

「僕としては強いって実感はあまりないんだけど……やっぱり先生たちの教えが良いからかな？　それと、僕の住んでいる場所は魔物を多く見掛けるから、その相手をしなきゃいけないっていうのが理由になるのかも？」

「実感がないって……普通に強いわよ？　私も家庭教師に剣術や魔法を習っているけど、アルにはぜんぜん勝てそうにないもの。それだけ強くなれるなら、その先生たちを紹介してもらいたいぐらいだわ」

「紹介しようか？　でもウチの先生たちは相当厳しいけど大丈夫？」

「うっ、確かに……あれだけの実力となると相当大変な思いをしそうね」

そして、そのようなやり取りを終えたところで、ソフィアは何かを思いついたかのようにハッと目を開く。

「そう言えばアル！　アルは学園都市に通わないの？」

「学園都市？　そういえば馬車内でその名前を出していたよね？」

「もしかして知らないの？」

「う、うん」

「が、学園都市を知らないなんて、何処《どこ》の田舎出身なのよ？　まあ、学園都市っていうのは、簡単に説明すると剣や魔法を学べる場所よ。私は来年の前期入学を目指して試験を受ける予定なんだけど……ア、アルも一緒に通わない？　アルの実力なら試験も受かると思うし、きっと楽しいわよ！」

「学園都市か。確かに興味はあるけど多分無理だと思うな。お金も掛かると思うし……」

「お金のことなら私がパパに言っ――」

「いやいや！　流石《さすが》にそこまでお世話になる訳にはいかないよ！」

僕が提案を遮ると、ソフィアは目に見えて肩を落としてしまう。

そんなソフィアを見るのも胸が痛むし、正直なところ学園都市という場所に興味を惹《ひ》かれているのも確かだった。従って、僕は一つの提案をする。

「さっき前期入学って言っていたよね？　ということは後期入学もあるのかな？」

「う、うん。学園には九歳から通い始める前期入学と、十二歳から通い始める後期入学っていう制度があるの」

「そっか、じゃあ僕は後期入学を目指して頑張ってみようかな？　流石に来年は無理だと思うけど、四年近くあれば、学園に入学する為《ため》の資金を貯《た》められるかも知れないしね」

後期入学を目指してみるという提案を。だがまあ……

「ほ、本当？」

「でも、魔物を狩って地道に稼ぐことになるから間に合わない可能性もあるけど……」

「駄目！　間に合わせるの！」

「う、うん。頑張ってみるよ」

「やった！　約束だからね！」

結局はソフィアに気圧《けお》されてしまい、提案ではなく約束をさせられる羽目になった訳なのだが……

ともあれ、そのような約束を交わし、雑談を続けている内に随分と夜も更けてきたようで、気が付けば時計の針は二十二時を回ろうとしていた。

その為、いまだに呑《の》んでいるのであろうメーテを想像し、思わず溜息《ためいき》を漏らしてしまう。

そして、そんな溜息の理由を察したのだろう。

ソフィアは苦笑いを浮かべると――

「まったく、私が夜更かししていると、『魔女が来るぞ～』って脅かしてくる癖に……逆に『魔女が来るぞ～』って脅かしてやろうかしら？」

そのような言葉を口にした。

「魔女？　魔女っていうのは？」

「へ？　あれだけ有名な話を知らないの？」

恐らくは、この世界に伝わるお伽話《とぎばなし》の類だとは思うのだが、僕は魔女が出てくるようなお伽話を読んだ記憶がなかった。

従って、思わず疑問を口にするのだが、ソフィアからしたらそれが嬉《うれ》しかったようで。

「本好きのアルが知らないんだ？　だったら私が教えてあげるわ！」

ソフィアは胸を張ると、【禍事《まがごと》を歌う魔女】というお伽話を語り始めた。

◆　◆　◆

——とある所に一人の薬師《くすし》が居ました。

その薬師は王都で薬屋を開き、薬を売ることで生計を立てていました。

王都の住民たちは、他所から来た得体の知れない薬師を疎ましく思っていましたが、薬師と接している内に人柄を知り、少しずつ心を開いていきます。

薬師もそんな住民たちに心を開いていったように思われました。

薬師としての知恵を用いて献身的に尽くすようになり、そんな薬師を、王都の住民たちは王都に暮らす一員であると認めるようになっていきます。

その薬師が、悪い悪い企《たくら》みを抱いているとも知らずに……

薬師の企みなど知る由もない王都の住民たちは仕事に家事に精を出し、いつもと変わらない日常を一日、また一日と過ごしていきます。

そして、そんなある日のこと。

いつも通り仕事を終えた王都の住民たちは、家族の待つ我が家へと帰ろうとしていました。

しかし、その時でした。

王都の中央にある噴水広場から大きな破壊音が響いてきたのです。

王都の住民たちはその音に驚き、ある者は逃げまどい、ある者は破壊音のした噴水広場へと向かいます。

そして、噴水広場に辿《たど》り着いた王都の住民たちは言葉を失ってしまいました。

そこで目にしたのは、高笑いを上げながら魔法を放ち、噴水広場を破壊していく薬師の姿だったのです。

王都の住民たちは荒ぶる薬師に尋ねました。

何故《なぜ》このようなことをする？　私たちは今まで上手《うま》くやって来たじゃないか？　と。

そんな問い掛けに薬師は答えます。

上手くやって来た？　それは違うぞ？　この日の為にお前たちを騙《だま》していたに過ぎん。

ほら、もたもたするなよ？　早く逃げないと押し潰してしまうぞ？

薬師はそう言うと、目の前の建物を魔法でぺしゃんこにしてみせました。

これには王都の住民たちも黙ってはいられません。

王都の住民たちは剣や槍《やり》を取り、薬師の前に立ちはだかります。

そんな住民たちを嘲笑《あざわら》うかのように薬師は宙へ舞い上がると、奇怪な魔法を使い、破壊の限りを尽くして行きます。

そして、まるで歌うかのように噴水広場に声を響かせました。

我こそは魔女！　禍殃《かおう》を！　禍難を！　奇禍を！　禍患を！　惨禍を！　禍事を歌う魔女！

ほらほら逃げろ逃げろ！　私をもっと楽しませろ！

それでも王都の住民たちは薬師に立ち向かいます。

しかし、住民たちの勇気ある行動が薬師にとっては面白くなかったのでしょう。

時間切れだ。

心底面白くなさそうに呟《つぶや》いた次の瞬間。

大きな爆発を——とても大きな爆発を引き起こしてみせたのです。

その爆発は王都の半分を消滅させ、地形を変えてしまう程のものでした。

そして、その光景を見た薬師は、心底嬉しそうに笑うと——それで満足したのでしょう。

忽然《こつぜん》とその場から姿を消してしまいました。

こうして薬師は——魔女は去りました。

王都は大きな被害を受け、人々は悲しみに暮れましたが、皆が力を合わせることで復興に成功します。復興すると同時に魔女の恐怖さえも克服してみせたのです。

——しかし、魔女の恐怖は再び王都を襲いました。

不思議なことですが、王都では魔女と同じ素養を持った子供が多く生まれるようになったのです。

王都の住民たちは、これを魔女の呪いだと信じ、恐れました。

恐怖に駆られた王都の住民たちは、魔女の素養を持つ呪われた子——忌子を捕らえ、時に殺してしまうことすらありました。

それほどまでに王都の住民たちは、魔女という存在を恐れたのです。

克服したと思った恐怖は深い場所に根を張っており、王都の住民たちを蝕《むしば》んでいたのです。

だからこそ、王都の住民たちは目を光らせます。

二度と同じ禍《わざわい》に見舞われないように——二度と同じ過ちを繰り返さないようにと。

だからこそ、王都の住民たちは囁《ささや》き続けるのです。

銀色の髪は禍の衣擦《きぬず》れ——紅《あか》い瞳は禍の訪れだと。

【禍事を歌う魔女】

それは王国の歴史上、最も多くの人間を殺した恐ろしい魔女の名前なのです。

◆◆◆

お伽話を聞いた僕は、開いた口を塞ぐことができなかった。

何故なら、色々なことに辻褄《つじつま》が合ってしまったからだ。

闇属性の素養を語る時に必ず見せる悲しげな表情の意味。

とある事件とだけ説明し、忌子と呼ばれる経緯をぼやかしていた意味。

人里から離れ、結界の張られた森で過ごしていた意味。

今まで忘れていたが、本棚の隅に何度も手に取った形跡のある本が置かれていた意味。

それを僕が手に取った際に声を張り上げた意味。

髪の色や瞳の色が魔女と一致している意味。

それらの意味が繋《つな》がってしまい、辻褄が合ってしまったのだ。

「そんな……そんな筈《はず》ないよ……」

僕は、思わず否定の言葉を口にしてしまう。

すると、その言葉を聞いたソフィアが自慢げに補足を始め――

「そんな筈あるわよ？　魔女はと〜っても恐ろしい奴《やつ》で、いっぱい人を殺した大悪人なんだからね！　これはこの国の常識なんだから、アルも覚えておきなさ――」

「何も知らない癖にッ！」

僕は思わず声を荒らげた。

分かっている。分かっているんだ。

ソフィアに悪気なんかなく、僕の知らない知識を少し自慢したかっただけなんだ。

「何も知らない癖に勝手なこと言うなよッ！」

だというのに。そう分かっているのに、僕は感情を抑えることができなかった。

「何も知らない癖にッ！　悪人だなんて決めつけるなよッ！」

八つ当たりだと分かっているのに、それでも声を荒らげてしまったのだ。

「そんな常識なんて嘘《うそ》だッ！　だって僕は――」

しかし、ふと顔を上げた瞬間――

「にゃ、にゃんでおごるのよぉ……」

目に涙を溜《た》めた、小さな女の子の姿が映った。

「わたじは本当のこどを言っただげなのにぃ……」

「あっ……僕は……僕は……」

僕は、ソフィアを抱きしめると、背中に手をまわしてポンポンと叩《たた》く。

「ごめん……本当にごめん」

「ひぐっ……すん」

僕の胸元を涙で濡《ぬ》らしていくソフィア。

僕は自分の愚かさを恥じながら、ソフィアの背中を優しく叩き続ける。

そして、何度となく「ごめん」と口にし、罪悪感を抱えながら背中を叩いていると——

「ソフィアちゃん！　居ないと思ったらここに居たんだ——あれれ〜？　アル君は何をしているのかなぁ〜？」

「アル！　添い寝がしたいからそろそろ帰るぞ！」

扉がガチャリと開き、お酒に酔ったパルマさんとメーテが姿を見せる。

そのことにより、僕は慌ててソフィアの背中から手を離すのだが……パルマさんからすれば既に有罪が確定していたのだろう。

「モウゼス？　私の剣は何処《どこ》にやったかな？」

「……アル君、ここは私が抑えておきますので、馬車に乗ってお帰りなさい」

「モ、モウゼス！　は、放せ！　私にはアル君を問い詰める義務があるんだ！」

物騒なことを言い始めたパルマさんを、モウゼスさんが呆《あき》れ顔を浮かべながら羽交い締めにする。

そして、そんななかメーテはというと——

「ほら、急いで帰って添い寝だ！」

「ちょっ⁉　痛い！　痛いってば！」

添い寝のことで頭がいっぱいのようで、僕の腕を強引に摑《つか》んで引きずると、僕たちは慌ただしくフェルマー邸を後にすることになった。

宿屋に戻った僕は、着替えをする間もなくベッドへと引きずり込まれる。

「……ああ、良い気分だ」

そう言ったメーテの息は酒臭く、僕まで酔っ払いそうになってしまう。

「今日は随分と呑んだみたいだね？」

「……子育てのことを話すのが楽しくてな……ついつい、呑み過ぎてしまったよ」

「そっか、でも、あまり呑み過ぎないようにしてよね？」

「……ああ」

「メーテ？　ちゃんと聞いてる？」

「……聞いているぞ」

恐らく、ちゃんとは聞いておらず半ば夢の中なのだろう。

その証拠に、メーテの返答は雑になっているし、息づかいが寝息に変わりつつある。

僕は、そんなメーテの反応を受けて、卑怯《ひきょう》だと思いながらも質問を口にした。

「メーテは……禍事《まがごと》を歌う魔女なの？」

「……ああ、そうだ……私は悪い魔女だ」

「──ッ」

あまりにもさらりと事実を告げられた為《ため》、質問した僕の方がドキリとしてしまう。

とはいえ、寝言に近い発言なので、信憑性《しんぴょうせい》は薄い。

もしかしたら酩酊《めいてい》状態ゆえの悪い冗談の可能性だってある。だが──

「……そっか」

不思議とメーテの言葉は胸に落ち、僕は抱いていた確信をより確かなものへと変えてしまう。

しかし。だとしてもだ。

お伽話《とぎばなし》自体が間違って伝わっている可能性だってある。

僕はそのように考えると、次の質問をしようとしたのだが……

「……私は……大勢の人を殺した……悪い、悪い魔女なんだ」

僕が質問するより先に、メーテは質問に対する答えを口にしてしまった。

「……認めちゃうんだね」

正直に言うと、僕はメーテが悪い魔女であろうと構わなかった。

以前、メーテとウルフが「アルはアルだ」と言ってくれたように、メーテはメーテで、たとえ悪い魔女であったとしても僕のメーテ像は崩れないからだ。

「否定して欲しかったな……」

ただ……だからこそ、【禍事を歌う魔女】というお伽話を否定して欲しかった。

否定してくれれば力になることもできる。違うと言ってくれれば抗《あらが》うこともできる。

しかし、メーテが肯定してしまった以上、そう望むのは主我でしかなく——

「孤児院の……生意気な子供たち……腰の悪いおばちゃん……」

そのようなことを考えていると、メーテが寝息交じりに言葉を溢《こぼ》し始める。

「……お金もないのに……店に通ってくれた青年に……餌目当てに扉をひっ掻《か》いていた子猫……」

その声はいつものメーテの声とは違い、どこか幼さを感じる声だった。

「……ふふっ」

懐かしい夢でも見ているのだろうか？

メーテは枕に顔をうずめながら、僅かに口元を緩ませる。

「でも……みんな……みんな死んじゃった」

しかし、それも僅かな時間で、メーテは緩んだ口元をギュッと結ぶ。

「王都のみんな……」

メーテは続けてそう溢すと――

「助けられなくてごめんね……」

一筋の涙を頬《ほお》に伝わせた。

「メーテ……」

そしてその涙を見た瞬間、僕は確信してしまう。

やはり【禍事を歌う魔女】というお伽話には齟齬《そご》があるのだと。

だから思う。お伽話に誤りがあるのであれば、その誤りを正さなければならないと。

誤りの所為《せい》で、忌避の感情が生まれるのであれば、現状を変えなければならないと。

現状に心を痛め、苦しむのであれば、その痛みと苦しみを取り除かなければならないと。

だからこそ思う。【禍事を歌う魔女】――その虚像を殺してやらなければならないのだと。

それは大仰な目的であり、もはや祈りだ。

それでも僕は――

「メーテ――僕が魔女を殺してみせるよ」

覚悟を持って、メーテの頬を伝う涙を指先で拭うのだった。

第十三章　冒険者組合にて

目が覚めると、部屋中にお酒の臭いが充満していることに気付く。

僕はベッドからのそりと抜けだすと、部屋に充満したお酒臭さを解消する為に窓を開けて換気を図る。

「少し、肌寒いかな？」

早朝ということもあってか、部屋へ流れ込んでくる空気は若干の冷気を帯びており、海沿いであることから僅かに潮臭い。

とはいえ、心地良い潮臭さなのだから、お酒臭さとは比べるまでもない。

僕は窓を大きく開けると、窓際で大きく深呼吸をする。

そうして部屋の換気をし、お酒臭さが薄まっていくのを感じていると――

「おはようアル……ん？　何時に帰ってきたんだ？」

どうやらメーテも目覚めたようで、目を細めながら室内を見渡す。

その様子から察するに、宿屋に戻る手前くらいからの記憶が曖昧なようだ。

もし昨晩の会話を覚えていたとしたら、お互いに気を遣い合い、妙な空気になってしまうと考えていたので、眠そうに目をこするメーテを見た僕は少しだけ安心した。

その後、僕たちは出掛ける為の準備を整える。

昨日は身体《からだ》も拭かずにベッドに入ったので、いつもより準備に時間が掛かってしまったが、出掛ける準備を整えた僕たちは、食堂で朝食を取ってから観光へと繰り出すことに。

「どうしたアル？　なんだか元気がないな？」

繰り出したのは良いのだが、メーテが言うように今日の僕は少しだけ元気がない。

何故《なぜ》なら、大仰な目的を掲げはしたものの、一晩中考えても目的を果たす為の道筋を立てることが敵《かな》わなかったからだ。

そのことに加え――

「ソフィアと気まずい別れ方をしちゃったからさ」

昨晩、ソフィアと仲直りすることなく、フェルマー邸を後にすることになってしまった。

それらの事柄が重なったことにより、僕は観光を楽しむ気にもなれず、少しばかり元気がないという訳だ。

「ふむ、私が酒に飲まれている間に悶着《もんちゃく》があったようだな？　だがまあ、幸いなことにソフィアの家は把握できているのだし、気まずい別れ方が嫌なのであれば塗り替えてしまえば良いさ。それに、これからアランと会うかも知れんのだ。そのように気の抜けた顔をしていては笑われてしまうぞ？」

が、メーテが言うように、気まずい別れなら塗り替えてしまえば良いし、アランさんに笑われるのは兎《と》も角《かく》として、気の抜けた顔をしたところで道筋が立つ訳でもないのだろう。

そのように考えた僕は、自らの頬をパチンと叩《たた》くと――

「そうだね。そうすることにするよ」

気持ちを切り替え、観光を楽しむことにした。


馬車に揺られること十数分。そこから数分歩いたところで冒険者組合へと到着する。

「これが冒険者組合」

そう呟《つぶや》いた僕の目に映っていたのは三階建の建物で、一階部分は赤レンガを基調とし、二、三階部分は木造と白壁を基調とした、歴史を感じさせる古めかしい建物だった。

僕は、そんな建物を目の当たりにし、流石《さすが》は観光名所とされているだけあると納得する。

が、その一方で、前日にフェルマー邸を訪れていたことや、帆船や飛空艇といった物を見ていたこともあり、想像していたよりも感動の度合いは薄いものだった。

実際、感動が薄くなるというのは、少しずつこの世界の風景に慣れてきたということで、この世界に馴染《なじ》んできたという証拠なのだと思う。

それ自体は悪い傾向ではないと思うのだが、少しだけ寂しくもあり。

『できることなら、何かを見て感動する気持ちは持ち続けていたいな』

僕はそのように心中で呟きながら、冒険者組合の扉を押し開くことになった。


そうして冒険者組合の扉をくぐった僕は、その屋内を見渡す。

中央奥には左右を分けるようにして階段が掛けられており、階段から左側には受付と思われるカウンターがあり、壁には羊皮紙やら紙やらが貼りつけられた黒板らしきものが掛けられていることが分かる。

階段から右部分に視線を送れば、木製の椅子やテーブルが幾つも置かれており、その奥に厨房《ちゅうぼう》らしき場所と、メニューの下げられたカウンターが設置されていることが分かった。

「みんな冒険者。って感じがするな」

今度は人に注目して周囲を見渡す。

貼り出された羊皮紙を真剣な表情で見つめる露出の多い女性や、受付で手続きを行っているのであろう革鎧《かわよろい》の男性。

それに加え、テーブルに剣や斧《おの》を立て掛け、食事を楽しんでいる男性たちの姿などが見受けられた。

「それで、魔石の換金は何処《どこ》ですれば良いんだろ？」

周囲をざっと見渡した僕は、設置されていた案内板に目を通し始める。

観光と、アランさんに会うという目的が主であったが、道中で狩ったオークの魔石を換金する。と、いう目的も冒険者組合を訪れた理由に含まれていたからだ。

そうして案内板に目を通していると——

「よう、綺麗《きれい》な姉ちゃん。ここは託児所じゃねーぜ？　ガキのお守なんかしてねーで、酒でも注《つ》いでくれねぇか？」

如何《いか》にもチンピラといった風貌の男に声を掛けられる。

一緒にテーブルを囲んでいる男たちはニヤニヤと下卑た笑みを浮かべており、まだ午前中だというのに、お酒の臭いを漂わせている。

「なぁ、そこの子供連れの姉ちゃん。あんたのことだよ」

チンピラ風の男性は先程より声を張り上げる。

しかし、メーテは無視すると決めたようで、案内板から視線を切る様子はない。

「おいおい、無視すんじゃねぇよ？　聞こえてんだろ？」

「ちげーよ。ビビっちまって気付かない振りしかできねーんだよ」

下卑た笑みを浮かべながら、煽《あお》るような言葉を僕たちへと向けてくる男たち。

メーテはそれでも無視し続けていたのだが、僕はその言葉に反応してしまい、眉根に皺《しわ》を寄せると、そのまま男たちへと視線を送ってしまう。

「くくっ。おおーこえー！　ガキに睨《にら》まれちまったよ！」

「ぎゃははは、こえーこえー、ションベンちびっちまうよ」

視線を受けた男たちは、木製のジョッキを傾けながらゲラゲラと笑い声を上げる。

何故こんなにも理不尽な絡み方をするのだろうか？

不快に思いながら、そのようなことを考えていると――

「アル、換金所はあそこの受付らしいぞ」

メーテは一瞥《いちべつ》もくれることなく受付へと向かい、僕は狼狽《うろた》えながらもメーテの後に付いて行く。

だが、そんな僕たちの態度が男たちからすれば気にくわないものだったのだろう。

「女にガキ！　無視してんじゃねーよッ！」

冒険者組合内に怒声が響き渡ることになる。

そのことにより周囲の視線がこちらへと集まり、声を聞きつけたのであろう女性職員が慌てて駆け寄ってくる。

「ベトンさん！　これで何度目だと思っているんですか！」

「うるせぇよ尻軽ッー！」

「きゃっ⁉」

が、チンピラ風の男――いや、ベトンは駆け寄ってきた女性職員の肩を押して床へと転がしてみせた。

「し、職員に手を上げましたね⁉　本日を以《も》って冒険者活動の自粛、又は――」

「俺は女に指図されるのが一番むかつくんだよッ！」

更には右足を宙に浮かせたベトン。

その先の行動が予測できた僕は、予測できたからこそ有り得ないと考えてしまうのだが――今はそのようなことを考えている暇はない。

「いったぁ……」

僕は即座に駆け出すと、女性職員へと向けられた蹴りを背中で受け止めた。

「なッ⁉　ガキが！　邪魔するんじゃねぇ！」

ベトンは再度足を浮かす。

が、もう一度喰《く》らってあげるほど僕はできた人間ではない。

「嫌です」

僕はベトンの軸足を摑《つか》むと、思いっきり手前に引くことで軸足を掬《すく》う。

「なっ⁉　あがっ⁉」

すると、ベトンは手をばたつかせながら、大きく尻もちを突くことになる。

「だっせえ！　ガキにこかされてやんの！」

「チーム名を【獣の牙】から【鼠《ねずみ》の牙】に改名したらどうだ？」

ドスンという盛大な尻もちの音と同時に嘲笑が響き、ベトンはその嘲笑に耐えられなかったのだろう。

「ガ、ガキぃい……」

ベトンは僕を睨みつけると、あろうことか腰に差していた剣の柄《つか》を握りだす。

しかし、その時――

「子供相手に情けない真似《まね》しないで下さいよ？」

騒ぎを聞きつけたのか、アランさんが姿を見せる。

「アラン……てめぇ……」

ベトンはアランさんを睨むが、当のアランさんは欠片《かけら》も動ずる様子を見せない。

「は？　なに睨んでくれてるんすか先輩？」

「ぐっ……」

それどころか、睨みかえすことでベトンの肩をビクリと跳ねさせた。

そして、その一瞬で格付けは済んでしまった。

恐らく周囲の人たちも、二人の間に埋められない実力差が存在することを理解した筈《はず》だ。

が、当のベトンだけは理解していなかったようで——

「買ってやっても良いが、期待の冒険者様を潰したんじゃ恨まれちまうからな。仕方ねぇから引いておいてやるよ」

「はっ、そりゃどうも」

少しでも自尊心を守り、尚且《なおか》つ少しでも大きく見せようと考えたのだろうか？

捨《す》て台詞《ぜりふ》と共に唾を吐き、肩で風を切りながら冒険者組合を後にした。

「で、坊主は……まあ、酔っ払いに絡まれたら怖くもなるか」

ベトンの姿が完全に見えなくなると、アランさんは僕へと——後ろからメーテに抱きついている僕へと視線を送り、申し訳なさそうに頭を掻《か》く。

「背中大丈夫か？　間に合わなくて悪かったな？」

続けてそう言うと、心配そうな表情を浮かべるのだが……

「だ、大丈夫じゃないです！」

「お、おい。まさか骨でもやっちまったか？」

恐らく、アランさんは思い違いをしている。

僕は怖いからメーテに抱きついている訳ではないし、骨だって折れてはいない。

それなのに、僕がメーテに抱きつくのはメーテを――

「なぁアル？　抱きついてくれるのは嬉《うれ》しいが、そろそろ放してくれないか？　アルが放してくれないと、あのベトンとかいう輩《やから》に地獄を見せてやることができないだろ？」

にこやかな表情で物騒な発言をするメーテを止める為《ため》で……

「お、おう……あ、愛が重いじゃん」

それを理解したのであろうアランさんは、頬《ほお》を引き攣《つ》らせながら後ずさった。

その後、どうにかメーテを宥《なだ》めることに成功し、目的の一つでもあった魔石の換金を終える。

どうやら、魔石には純度というものがあり、同じ魔物の魔石でも買取り額が上下するらしいのだが、オークの魔石は最低でも銀貨一枚前後の値がつくようで、僕の財布はそれなりに潤うことになった。

そうして換金を終えた僕たちは、冒険者組合に併設されている食堂へと向かい、アランさんが確保していた席に着く。

「で、その表情から察するにいい小遣いになったみたいだな？」

「はい。アランさんがオークの魔石を譲ってくれたおかげですね」

そのような会話を交わすと、僕は木製のジョッキをトンと置く。

「これは？」

「そのお礼です」

「お礼って……子供に奢《おご》られていた。なんて噂《うわさ》が広まっちまったらどうすんだよ？」

すると、アランさんは頬杖《ほおづえ》を突きながら渋い表情を浮かべる。

どうやら世間体を気にしている――というよりかは、気を遣うなと言いたいのだろう。

「じゃあ、その時は笑われて下さい」

「坊主……お前、案外いい性格してんのな？」

が、僕がそう言うと、アランさんは降参したようで「ありがとな」と言ってジョッキを口へと運んだ。

「つーか、さっきは同業が迷惑を掛けちまって悪かったな」

ゴクリ、ゴクリと喉を鳴らし終えたところで、アランさんは先程の一件を謝罪する。

しかし、アランさんは何も悪いことをしておらず、謝る必要など一つもない。

従って、僕はそのまま言葉にして伝えるのだが、それと同時に気になっていたことがあったので、続けて尋ねてみることにした。

「というか、冒険者にはベトンみたいな人も多いんですか？」

「ん？　冒険者って生業《なりわい》は荒事に携わることも多いからな……変な自信の付け方をしちまって、調子に乗っちまう奴《やつ》は割と多いかもな。まあ、その辺りは人によるんだが、全体的に見れば横柄な奴の方が多い。っていうのが冒険者の実情だろうな」

「そうなんですね……それにしたってベトンは……」

「酷《ひど》い奴だよな？　俺もそう思うけど、あれでも昔はもう少し良い先輩だったんだぜ？」

「女性に手を上げようとする人がですか？」

「それを言われちまうとぐうの音も出ねぇんだが……まあ、ここ何年も銅級冒険者として燻《くすぶ》ってたし、面倒見ていた後輩にも並ばれたり追い抜かれたりしちまったからな。肩を持つ訳じゃないんだが、ああなっちまうのも多少は理解できるんだわ」

僕はアランさんの話を聞いて成程と頷《うなず》くものの、ベトンに対して同情はしない。

ベトンにも様々な葛藤があるのかも知れないが、人を傷つけて良い理由にはならないと思ったからだ。

そして、そのように考える一方で、新しい疑問が生まれていた。

それはアランさんが当然のように口にしていた【銅級】という言葉に対して。

まあ、階級を表す言葉だということは予想できていたが、詳細については聞いていなかったので、その辺りを含め、冒険者という生業について尋ねてみることにした。

「冒険者ね……要はなんでも屋だよ。雑用もやれば魔物の討伐だって請け負う。それが冒険者っていう生業だ」

アランさんは説明を続ける。

「で、そんな冒険者には階級ってもんがある。まず冒険者組合に登録すると、首に提げる形の登録証を受け取るんだが、それが何の功績もない新人だと木製。功績を上げていく毎《ごと》に銅製、銀製、金製、白金製と変わっていく。だから、銅製の登録証を提げている奴は銅級、銀製なら銀級なんて呼ばれる訳だな」

「成程……功績によって登録証が変わる。ある意味で役職みたいな感じですね」

「そんな感じだな。で、階級が上がると何が変わると思う？」

「えっと、受けられる依頼が変わる？　とかですか？」

「ああ、正解だ。階級が上がれば受けられる依頼も変わる。要人の護衛や大規模な魔物討伐なんかでお声がかかるようになるし、当然、依頼料もグッと跳ね上がる。まあ、怪我《けが》や死亡確率も跳ね上がるんだけどな」

「死亡確率も……」

僕はアランさんの話を聞き、どうして冒険者という生業――危険と隣り合わせの職業を選んだのかが気になってしまう。

それはそうだろう。この世界にも様々な職業が存在する筈だ。

わざわざ、危険に寄り添うような職業を選ぶ必要性が感じられない。

「なんでアランさんは冒険者になろうと思ったのですか？」

だからこそ僕は、アランさんの答えを知りたいと思い尋ねたのだが――

「冒険者にはな。夢があるんだよ」

「へ？」

思ってもいなかった答えが返ってきた為、僕は間の抜けた声を漏らしてしまう。

「まあ、それだけ伝えても分からないよな？　じゃあ、少し説明させてもらうけど、この世の中ってのは少し窮屈でよ。田舎の平民なんかが幾ら頑張ったところで大成することは叶《かな》わないんだわ。何故《なぜ》かって？　多少学があろうと、学園に通えるような貴族には敵《かな》わないし、多少腕っ節があろうと、幼い頃から一流の指導を受けているお貴族様には敵わないからな」

降参と言わんばかりに両の手のひらを見せるアランさん。

「で、どうにか頑張って大成の足がかりを摑めたとしても、待ち受けているのはガチガチの貴族社会で、俺みたいな平民はどんなに足掻《あが》こうと使い潰されるだけなんだよ」

続けてそのような話を聞かせると、手のひらを合わせてパンと音を鳴らした。

「が、冒険者って生業は違う。良くも悪くも実力主義で、金級まで階級が上がれば爵位の低い貴族となら対等にやりあえるようになるし、最上位の白金級まで上がることができれば大抵の貴族の頭が上がらなくなる。坊主はなんでか分かるか？」

「……実力？　とかの問題でしょうか？」

「まあ、実力も勿論《もちろん》あるが――それよりも積み上げてきた功績が怖いからだよ」

「功績が？」

「まあ、一部の例外はあるが、白金級と呼ばれるような奴等は大きな功績を残している。で、功績っていうものは特定の誰か。或《ある》いは大勢の民衆が認めたからこそ与えられる他人からの評価だ。そして積み上げた功績の数に比例して評価を与えた者も増えていく」

「要するに……評価を与えた人が怖い？　ってことですか」

「要はそういうことだ。貴族の連中は金級や白金級冒険者たちを支持する不特定多数が怖いんだよ。下手に手を出して民衆の反感を買うのを恐れているんだ。だから平民出身であろうと白金級冒険者には頭が上がらなくなる。それはある意味この窮屈な世界に対する革命で、平民の俺でも起こせるかも知れない変革だ」

アランさんはそのような話を僕に聞かせてくれると――

「なあ坊主。それって面白いし、夢があると思わねぇか？」

話を締《し》め括《くく》るようにしてニカッと笑った。

「起こせるかも知れない変革か……」

対して僕は、アランさんが口にした言葉を口に出すことで、胸の内で呟《つぶや》くことで反芻《はんすう》する。

そして、幾度目かの反芻を終えたところで――

「アランさん。僕に冒険者になる方法を教えて頂けないでしょうか？」

僕は冒険者を目指すことを決め、その意志をアランさんに伝えた。

「……もしかして、俺の話を聞いたからそう思っちまったのか？」

「それもありますが――」

「はあ……だったらやめとけ。調子に乗って陽《ひ》のあたる部分ばかり話しちまったが、冒険者なんて生業は暗くて泥臭い部分が圧倒的に多いんだぞ？　それに、その歳《とし》でそれだけの実力があるんだ。わざわざこんな生業を選ぶ必要はねぇよ。そうですよね？　メーテさん？」

僕が意志を伝えると、アランさんは否定的な意見を返し、メーテへと話を振る。

「アランの言うとおりだ。話に感化されたのかも知れんが、急《せ》いて決める必要はあるまい」

どうやら、黙って話を聞いていたメーテも否定的なようで、若干呆《あき》れ顔を浮かべている。

だが――

「アランさんは、貴族じゃないと出世できないって言っていましたよね？　それだと、僕の目的を達成するのは難しそうだから……だから！　僕は冒険者になりたいんです！」

僕は冒険者という生業に、目的を果たす為の道筋を見出《みいだ》してしまった。

僕の前世の記憶の中には、活《い》かして大成するような知識も技術もない。

あるのはメーテとウルフのおかげで得ることができた縋《すが》れる程度の実力だけだ。

そんな僕が目的を果たすには――大仰な願いを果たす為には縋れるものに縋るしかない。

冒険者という生業に身を置き、変革を起こすという道筋に縋るしかないのだ。

だからこそ、二人の否定的な意見に従う訳にはいかなかった。

「アルの目的……というのは？」

「そ、それは……」

僕の目的――それは虚像の魔女を殺すことで、延《ひ》いては忌子が置かれている現状を変えることであり、この世界の認識を覆すということだ。

では何故、そんな目的を掲げているのかと問われれば、答えのなかにメーテの存在があり、それを本人の前で口にするのは照れ臭さがある。

その所為《せい》か、頬が熱くなっていくのを感じてしまい――

「詳しくは話せないけど……大切な人が笑顔でいられるように。っていうのが目的かな」

照れながらも真剣に、質問に対する答えを口にするのだが……

「そうか、アルも色恋を知る歳になったか……」

「はい？」

メーテが急に訳の分からないことを言い始める。

「みなまで言うな……全てはソフィアの為《ため》なのだろう？」

「ん？　メーテ？」

「分かっている。今のアルとソフィアの間には大きな身分差という隔たりがあるからな。それを埋める為に冒険者として名を上げ、身分差を埋めてからソフィアを迎えに行こうと考えているんだろ？　……だったら私は応援するしかあるまいよ。そんなアルの想《おも》いをどうして無下にできようか……ふぐっ、でぎようかぁ……」

「何で涙目？」

何故か涙目になり、やけ酒を呷《あお》るかのように紅茶を飲み干したメーテ。

そんなメーテの姿に、僕とアランさんが思わず苦笑いを浮かべてしまっていると――

「い、依頼をお願いします！」

パルマさんとモウゼスさんが、慌てた様子で冒険者組合へと駆けこんでくる。

僕は昨晩の出来事を思い出してしまい、ギョッとすると同時に僕を問い詰める為に依頼をしにきたのだろうか？　などという馬鹿な考えを過《よぎ》らせてしまう。

「む、娘の！　娘の捜索依頼をお願いします！」

が、そんな馬鹿な考えは一瞬で吹き飛ぶことになった。


パルマさんたちは僕たちの姿があることに気付いたのだろう。

慌てて僕たちの元へと駆け寄ると、ソフィアが行方不明であることを説明する。

どうやら数時間前から誰もソフィアの姿を見掛けていなかったようで、屋敷内を本格的に探したところ、壁に縄梯子《なわばしご》が掛けられているのを発見したようだ。

その情報を聞いたアランさんは幾つかの質問を投げかける。

ソフィアちゃんは自分で外に出たのか？　誘拐の可能性は？　道中の目撃情報は？

ソフィアの安否を気遣ってか、アランさんの声は次第に険呑《けんのん》さを増していく。

が、そんななか——

「ふむ、ソフィアの居場所は魔力感知で捉えた。城塞都市の西区に居ることは間違いないだろう。それに、この反応からして最悪の状況――という訳でも無さそうだから安心しろ」

「「「は？」」」

メーテは不意に発言をし、その言葉を聞いた大人たちは呆《ほう》けた表情を浮かべる。

しかし、それも一瞬のことで、アランさんは途端に眼《め》つきを鋭くした。

「数キロ先の反応を魔力感知で捉えたって言うんすか？　悪いっすけど冗談に付き合っている場合じゃないんすよ」

「まあ、信じてもらえないのも無理のない話か。とはいえ、余計な問答をするつもりもない。なにせ、初めてできたアルの友人が危機に置かれているのだからな。それに――ソフィアに何かあったら誰が猫の面倒を見るんだ？」

「猫？」

「と、いうことで先に行かせてもらうぞ」

そう言うと、大きく床を蹴ったメーテ。

「ちょっ!?　メーテさん!?　パ、パルマさん！　こちらでのことはお任せします！」

僕とアランさんは、そんなメーテに付いて行く為に駆け出すのだった。

それから数分。

「くっそ！　離されないようにするだけで精一杯じゃねぇかよ！」

ビュンビュンと流れる景色のなか、アランさんがそのような言葉を溢《こぼ》す。

「メーテが本気を出したらもっと凄《すご》いですよ？　僕なんか秒で見失っちゃいますからね」

「これで本気じゃないのかよ？　つーか、この状況で普通に話せる坊主も大概だよな……」

アランさんは引き攣《つ》った笑みを浮かべ、そうしているとメーテの足が僅かに緩まる。

「アラン、今向かっている西区とはどのような場所だ？」

並走する形をとったメーテは、アランさんに西区の情報を尋ねる。

「西区っすか？　西区は【爪剝《は》ぎのカッフェオ】っていう悪党が仕切ってる場所っすね」

「ほう、悪党が仕切っているということは治安が宜《よろ》しくないようだな？」

「そうなりますすね。要は退廃地区みたいなもんで、小悪党の溜《た》まり場みたいな場所っす」

「ふむ、把握した」

メーテは一つ頷《うなず》くと再び速度を上げる。

「くっ！　だから速いっつーの！」

「頑張って下さい！　全身に生肉を括《くく》りつけた状態で、背後から飢えた狼《おおかみ》に追われていると思えば速く走れますから！」

「どんな地獄だよ！」

「へ？　日常ですけど？」

「地獄ですけど⁉」

そして、そのような会話を交わしている内に目的地に到着したようで――

「着いたぞ。この場所の二階にソフィアが居るようだ」

僕の視線の先には、稼働している様子のない廃工場が佇《たたず》んでいた。

「壊れた家具に廃材……元は木工場だったのかな？」

僕は周囲を見渡しながら、敷地内へと足を踏み入れる。

すると、僕たちの存在に気付いたようで、廃工場内からガラの悪い男たちがゾロゾロと姿を見せ始める。

「よう姉ちゃん、こんなところに何の用だい？」

「へへっ、俺たちと遊びたいんじゃねぇか？」

とりわけメーテに対し、欲を孕《はら》んだ視線を送る十数名からなるガラの悪い男たち。

その下卑た視線を遮るようにして、アランさんはメーテの前へ身体《からだ》を割りこませた。

「いけすかないねぇ……格好付けてんじゃねぇぞアラン！」

だが、さりげなく女性を守ろうとする姿勢に加え、銀級冒険者であることを知っているからだろう。

ガラの悪い男たちは、妬みを含んだ視線をアランさんへと送る。

「流石《さすが》の銀級冒険者様でも、この人数を相手にできるもんなのかねぇ？」

一人の男が剣を抜くと、他の連中も自らの得物を握り始める。

ピリピリとした緊張感が流れ、一つ切っ掛けさえあれば戦闘が始まりかねない状況。

が、僕もアランさんも。もしかしたらガラの悪い男たちも戦闘は避けたいと考えているのかも知れない。

「どうしたアラン？　掛かって来ないのか？　ビビってんじゃねぇぞコラッ！」

剣を抜き、煽《あお》りはするものの、決定的な切っ掛けを作る様子はなかったのだが――

「容易に殺意を抜く阿呆《あほう》が」

その切っ掛けはメーテが作ることになる。

「あぎッ!?　う、腕が！　俺の腕がッ!?」

メーテがパチンと指を鳴らした瞬間、怒声を上げていた男の腕があらぬ方向へと向く。

「お、お前らぁッ！　や、やっちまえッ！」

そして、男が裏声混じりの怒声を上げると戦闘が始まってしまうのだが――

「……遅くない？」

剣を振る。槍《やり》を突く。斧《おの》を振るう。魔法を放つ。

どの動作をとっても余計な動作が挟まれており、魔法に至ってはご丁寧に【詠唱】を始めるような始末だ。

僕がメーテから教わったのは、「一部の特殊な魔法以外に詠唱は不要」ということだったので、初級魔法で詠唱を行う男の姿は、非効率以外の何ものでもなかった。

ともあれ――

「こ、このガキ速いぞ！」

「なにガキなんかに手間取ってやがる！」

これが本気の動きなのであれば、僕でも対応することは可能だ。

僕は腰に差していた片刃剣を抜くと、柄《つか》をくるりと回して握りなおし――

「少しの間地面で転がっていて下さい」

「がはっ⁉　うぎぃぎッ」

所謂《いわゆる》、峰と呼ばれる部分で胴を薙《な》いだ。

胴を薙がれた男は地面に転がると、腹を押さえながら小さく縮こまる。

その姿を見て罪悪感が湧かない訳ではないが、剣を抜いているのだから同情はできない。

などと考えていると、廃材が崩れ落ちるような音が耳へと届く。

音のした方に視線を向けてみれば、廃材を背中に背負い、野太い呻《うめ》き声《ごえ》を上げるガラの悪い男の姿が目に映る。

更に周囲を見渡せば、アランさんに顔面を殴られ鼻血をボタボタと垂れ流す者や、メーテの【風球】を腹に喰《く》らって喀血《かっけつ》する者。

一人、また一人と崩れ落ち、気が付けば、ガラの悪い男たちの半数ほどが地面へと転がることになった。

僅か数分で大きく傾いた戦況。その所為か、ガラの悪い男たちは二の足を踏む。

そして、その戦況が逆に傾くことはないとメーテは判断したのだろう。

「この場は私たちに任せて、アルはソフィアの救出に向かうと良い」

「わ、分かった」

メーテはソフィアの救出を僕へと託し、託された僕は一歩を踏み出す。

「メ、メーテさん⁉　一人で行かせて良いんすか⁉」

「ああ、この程度の相手であればアル一人でどうにかできるさ。それに」

「そ、それに？」

「私も一応は女だからな。白馬に跨《またが》るに相応《ふさわ》しい人物が誰かくらい理解しているのさ」

「……ああ、そういうことなら坊主には気張ってもらうしかないっすね」

そして、そのような会話を背中越しに聞きながら、僕は廃工場内へと足を踏み入れた。

周囲を見渡せば錆《さ》びた万力や、同じく錆びた鋸《のこぎり》などが雑に転がっている。

木を加工する為《ため》の設備だろうか？

加えて溜まり場として使用されているからだろう。

綿が飛び出したソファや染みのついたベッド、樽《たる》のテーブルがあり、鍋を掛けた焚火《たきび》がパチパチと音を鳴らしている。

そんななか、僕は二階へと繋《つな》がる階段を見つけると、右足を掛けてギシリと鳴らす。

するとその瞬間——

「な、なんでここにアランが？　俺を追って来たのか？」

二階から聞き覚えのある声が届き、僕はできるだけ音を鳴らさないように階段を上る。

そして階段を上りきると、声がした部屋を覗《のぞ》きこみ、中の様子を確認するのだが——

「ベトン？　——ッ、ソフィア！」

僕の目に映ったのは窓から外の様子を窺《うかが》うベトンの姿と、口の端に血を滲《にじ》ませ、床に横たわるソフィアの姿で——

「ベトンッ！」

僕は声を張り上げると同時に、床を踏み砕いて駆けていた。

「なっ⁉　てめぇはッ⁉」

続いて繰り出したのは、身体強化を使用した右の拳。

が、ベトンも冒険者であり、それなりの修羅場はくぐっているのだろう。

顔面を捉える筈《はず》の一撃は、咄嗟《とっさ》に防御したベトンの腕によって阻まれてしまう。

「馬鹿が！　襲おうって時に声を張り上げるヤツが居るかよッ！」

ベトンは腰に差している剣に手を掛けようとする。

「はれ？　いぎぃ⁉　いってえええッ！　いッてぇえよクソがッ‼」

しかし、それは敵《かな》わない。

何故《なぜ》なら、僕の右拳には骨を砕いた不快な感触が残っていたからだ。

「ま、待て待て待て！　これは誤解だ！　こ、この嬢ちゃんを迎えに来たんだろ？　違《ち》げえんだって！　俺は倒れていた嬢ちゃんを介抱してやっただけなんだって！」

「じゃあ、なんで口から血を流しているんですか？」

「そ、それはあれだ！　倒れた拍子に口を切ったんじゃねぇか？」

「じゃあ、なんで頬《ほお》が腫れているんですか？」

「だ、だから倒れた拍子にぶつけたりなんかしたんだろ！」

「じゃあ、なんでアナタの拳に血が付いているんですか？」

「は？　血は拭った――」

「血なんて付いていませんよ？」

「このぉクソガキぃ……」

ベトンは左手で剣の柄を握り、腰を捻《ひね》ることで無理やり剣を抜く。

続けて切先をソフィアへと向けようとするのだが――

「動くなよ？　動いたら嬢ちゃんの顔に――」

「やらせる訳ないでしょ」

「へ……はぁ!?」

そうするよりも早く、僕が懐へと入り込んだことで呆けた声を漏らすことになる。

「だ、だから嫌いなんだよッ!!　才能があるヤツもッ！　未来があるヤツもなッ！」

加えて、胸の内を吐露するかのように大声を上げると、僕へと切り掛かろうとし――

「やっぱり、それは人を傷つけて良い理由にはなりませんよ」

「あがっ――……」

顎を打ちぬかれたベトンは、切り掛かろうとした体勢のまま、前のめりになって床へと倒れ込んだ。

僕は、それを見届けるとソフィアの元へと歩み寄り、顔を覗きこむようにしてしゃがみ込む。

「ソフィア？　大丈夫？」

声を掛けてもソフィアから返事はない。

まさかと思い口元に耳を近づけると息づかいが聞こえ、僕はホッと胸を撫《な》で下ろす。

次いで水属性魔法を使用してハンカチを濡《ぬ》らすと、ソフィアの身体をそっと起こし、口元で固まった血を丁寧に拭っていく。

そして、肩を優しく叩《たた》きながらソフィアの名前を呼び続けていると――

「アル？　へ？　ア、アル？」

何度目かの呼びかけで目を開いたソフィア。

キョトンとした表情で周囲を見回すと、状況を把握することができたのだろう。

「わ、私また……まだ助けてもらっだんだねぇ」

ソフィアは声を震わせ泣き始めてしまう。

「もう大丈夫。もう大丈夫だから泣かないで」

僕はそんなソフィアの頭をあやすように撫で、安心してもらえるように笑顔を浮かべる。

「ありがどぉ……ありがどぉアルゥ……」

お礼を言いながら僕の胸に顔をうずめるソフィア。

そこには強がりな少女の姿はなく、歳相応《としそうおう》の少女の姿があった。

その後、冒険者組合の人たち――アランさん率いる【灰纏《はいまと》い】のメンバーが合流したところでベトンを含めたガラの悪い男たちは連行されることに。

聞く話によると、僕の名前を口にした女の子――ソフィアを見掛けたベトンが、憂さ晴らしをする為に突っ掛かったのだが、ソフィアに痛いところを突かれてしまい、思わず手を上げてしまった。それで気を失ってしまったから塒《ねぐら》へと運んだ。と、いうのが今回の件についてのあらましらしい。

ちなみに、あの場にはベトンの他にも数名の冒険者が混ざっていたらしく、ベトンは勿論《もちろん》のこと、あの場に居た冒険者たちは資格を剝奪《はくだつ》され、地方で強制労働をさせられることになるらしいのだが……

「アルさんには危害を加えません！　アルさんには危害を加えませんから！」

連行された者の中には、酷《ひど》く怯《おび》えた様子でそのような言葉を繰り返す者が多く居たそうだ。摩訶不思議《まかふしぎ》である。

そうして連行を終えた訳なのだが、僕たちからも事情を聞きたいということで、冒険者組合へと再び足を運ぶことになった。

とはいえ、アランさんの口添えもあって事情聴取自体はすぐに終わり、時間も時間ということで宿屋へと戻ることにした訳なのだが——

「よう坊主。坊主は冒険者になりたいって言っていたよな？」

その間際、アランさんに声を掛けられる。

「はい。冒険者になりたいです」

「それは今も変わってないか？」

「変わってないです」

「そっか……メーテさん。坊主はこう言ってますけど、メーテさんはどう思います？」

「まあ、応援すると言ってしまったしな……アルの好きなようにすると良い」

「だってよ？　で、坊主に質問だ」

アランさんはそう言うと、銅製のドッグタグのようなものを僕の目の前で揺らす。

「ここに名前の入っていない登録証がある。ソフィアちゃんを救出し、ベトンを倒した特例としてここの組合長から預かった物だが、ここに名前を刻むつもりはあるか？」

そう尋ねられた僕は周囲を見渡す。

すると、周囲の視線が僕に集まっていることに気付く。

僕は周囲の視線に若干気圧《けお》されてしまうのだが、ふうと息を吐くことで心を落ち着かせると――

「はい！　そこにアルディノという名前を刻んで下さい！」

僕はこの世界で与えられた名前を声高に口にする。

そして――

「おお！　八歳で銅級冒険者とか史上初じゃねぇか!?」

「よし！　今日は小さな冒険者の前途を祈って乾杯だ！」

「よろしくな少年！　少年には負けねぇからな！」

「おい！　こっち来いよ！　おっちゃんが果実水奢《おご》ってやる！」

冒険者組合に歓声が上がり、併設された食堂は賑《にぎ》わいを増していく。

「は、ははっ、何か帰れそうにないね？」

「だな。折角《せっかく》だし連中からたかることにでもするか？」

帰る機会を逃した僕とメーテは歓声の中に呑《の》まれていき、目的を果たす為の一歩を踏み出せた僕は、笑顔と苦笑いが混ざった複雑な表情を浮かべるのだった。

第十四章　約束

城塞都市に訪れてから五日目を迎え、今日の夕刻には城塞都市を発《た》つことになる。

この数日で色々なことがあったが、振り返れば何もかもが新鮮で、何もかもが経験として僕の中に根付くこ——

「ふぐっ⁉」

「アル！　これも城塞都市の名物なんだから食べておきなさいよ！」

などと考えていると、蹄鉄《ていてつ》の形を模したビスケットを口に押し込まれてしまう。

どうやら、城塞都市を俯瞰《ふかん》した形のビスケットらしく、今更ながらに蹄鉄都市と呼ばれる所以《ゆえん》を理解することになる。

「どう？　おいしいでしょ？」

そう言ったソフィアの右頬は紫色に染まっていて痛々しい。

が、それを口にすることなく、ビスケットを咀嚼《そしゃく》すると、頷《うなず》いて笑みを返すことで返事をした。

「ふぅー……落ち着けパルマ。アル君には二度もソフィアを救ってもらった。二度もソフィアを救ってもらったんだぞ」

まあ、パルマさんの圧が恐ろしくはあったが。

ともあれ、ソフィアを救出したお礼として、パルマさんとモウゼスさんを交えて、最後の観光案内をしてもらっていた訳なのだが――

「もうこんな時間か」

楽しい時間はあっという間で、美術館や植物園を訪れたり、気後れしてしまいそうな店で食事をご馳走《ちそう》してもらったりしている内に、お別れの時間が迫ってしまう。

そして、お別れとなる停留所に着く間際――

「この前は怒らせることを言っちゃってごめんなさい」

橙色《だいだいいろ》に染まった石畳を鳴らしながら、ソフィアは謝罪の言葉を口にする。

「ソフィアが謝る必要はないよ、あれは僕が悪かったんだから……だから、僕の方こそごめんね」

お互いがバツの悪そうな表情を浮かべたものの、目を合わせた瞬間、僕たちは微笑《ほほえ》み合う。

そうして気まずい別れを塗り替えることができたことに胸を撫《な》で下《お》ろしていると――

「内緒にするからね」

並んで歩いていたソフィアが僕との距離を一歩詰め、そのような言葉を耳打ちした。

「内緒？」

僕はその言葉の真意が分からず首を傾《かし》げてしまったのだが、ソフィアは何処《どこ》か満足げな表情で首に提げられた硝子《ガラス》玉を指先で撫でていた。


そうこうしている間にも順調に歩みを進めていたようで、馬車の停留所へと辿《たど》り着く。

メーテと僕は馬車に乗り、気が早い御者は乗車すると同時に馬を嘶《いなな》かせる。

馬の蹄鉄が石畳をコツコツと叩き、同じく石畳の上を車輪がゴロゴロと転がり出す。

「アル！　また絶対に会いましょう！　今度は！　今度は学園都市で！」

「う、うん！　努力するよ！」

「アル……そんな格好悪い言い方をするな。男の子だろ？　ソフィアを安心させてやれ」

「や、約束するよ！　学園都市――学園都市でまた会おうね！」

「うん！　約束！」

僕はソフィアと改めて約束を交わす。

そしてお互いに姿が見えなくなるまで、大きく、大きく手を振り続けた。

ソフィアの姿が見えなくなるまで手を振り続けた僕は、その後も馬車に揺られ、城塞都市の門をくぐろうとしていた。

しかし、くぐろうとした直前でメーテが御者へと声を掛ける。

「すまんが、ここで降ろしてもらっても良いか？」

「ここで？　か、構いませんが目的地分の料金は頂くことになりますよ？」

「ああ、それで構わない」

僕は疑問を抱きながらも馬車を降り、路地裏に入るメーテの後を追う。

「メーテ？　どうして馬車を降りたの？」

「あのまま馬車に揺られていては、他の乗客に迷惑を掛けると思ったからな」

「他の乗客に？」

「そうだ。なんせガラの悪いヤツらが私たちをつけまわしているんだからな。なぁ、そろそろ出てきたらどうだ？」

メーテが誰もいない空間に声を投げると、路地裏の角から人相の悪い連中が姿を現し始める。

そのなかでもひと際人相が悪く、ひと際体格の大きい男が声を上げた。

「たいしたもんだ。よく気付いたな？」

「気付かれないとでも思ったのか？」

大男はくつくつと笑い、路地裏に置かれた木箱に腰を下ろす。

「てことは、他のヤツを巻き込まないように馬車を降りたって訳か。泣かせるじゃねぇか？　で、用件なんだが、聡《さと》い姉ちゃんなら説明しなくても分かってくれるだろ？」

「くだらん報復だろ？　自分の縄張りで好き勝手やられたのが随分と遺憾だったようだな？　なぁ、【爪剝《は》ぎのカッフェオ】」

「かっか！　頭の回転の速い女は好きだぜ？　ならこれからどうなるかも分かってるよな」

部下らしき男から瓶を受け取ると、カッフェオはその中身をじゃらじゃらと鳴らす。

目を凝らして見れば、瓶の中は薄く透明なもので満たされていることが分かり、更に目を凝らせば爪であることが分かる。

「俺はよ、二つ名からも分かるように、爪を剝がすのが好きなんだよ。なんでか分かるか？」

「分かりたくもないし、聞きたくもないな」

「まあ聞けよ。何で好きかっていうとな、爪を剝がせば誰とでも友だちになれちまうからなんだよ。最初は射殺しそうな目をしていたヤツも一枚二枚と剝がしていく内に、俺のことを友だちだと思うようになっちまう。それどころか最終的には俺のことを好きになっちまうんだぜ？　もうやめて下さい！　何でも喋《しゃべ》りますから！　カッフェオ様どうかお願いです！　てな具合にな」

カッフェオは瓶から一枚の爪を取り出すと、口へと運ぶ。

「そして何より好きなのは、剝いだ爪を食うことだ。友だちになったヤツの爪を食う。それは友だちと一つになるってことで、崇高な行いなんだよ。姉ちゃんには、この崇高な行いを理解できるかなぁ？」

「悪趣味にしか思えんな」

「ははっ！　分からねぇならそれでもいいさ。爪剝ぎは嘘《うそ》をつかねぇ、数分もすれば俺のことを親友だと思うようになるだろうからな」

カッフェオは続いて僕へと視線を向ける。

「ガキか……ガキの爪はやわっこくて好きじゃねぇんだよな。だがまあ、一応剝いでおいて、後は好事家にでも売りつけりゃいいか？」

「ああ、あの変態のところに売るんすか？」

「あの変態だ。なぁ、ボウズ。ボウズは何日の間壊れねぇで済むかなぁ？　さあて！　話はここらへんで終《しま》いだ！　始めようぜ!?　友だちになる為《ため》の楽しい楽しい時間をよッ!!」

カッフェオたちは下卑た笑いを響かせる。

響かせるのだが……その笑い声や暴言は、誰かの逆鱗《げきりん》に触れる行為でしかなかったようで……

「阿呆《あほう》、阿呆、阿呆共がッ!!」

カッフェオたちの会話を聞いていたのだろうメーテは、眉間に皺《しわ》を寄せて怒声を上げる。

「【ひれ伏せッ！　このど阿呆共がッ！】」

魔力の込められたその言葉は、もはや一つの魔法だった。

「かはっ!?」「うぐっ!?」

男たちの多くはメーテの言葉を聞いた瞬間に泡を吹き、またある者は嘔吐《おうと》と共に意識を失う。

「て、てめぇ!?　な、何を!?　ま、まさか声だけで――魔力を込めた声だけでコレをやってのけたっていうのかよ!?」

「答える義務はない」

声を発しただけで人が倒れて行くという異様な光景と、その際に漏れだした魔力の奔流。

相応の場数を踏んでいると思われるカッフェオだからこそ、それらの情報からメーテが次元の違う相手であることを理解してしまったのだろう。

カッフェオは座っていた木箱から滑り落ちると、尻もちを突いて後ずさる。

「わ、悪かった!! さ、さっきの言葉は取り消す! 取り消すから!」

「今更遅い」

「ひぎぃいいぃ!?」

僕は思わず顔を顰《しか》めてしまう。

メーテが指を鳴らした瞬間、カッフェオの親指の爪が宙へと飛んだからだ。

「お前の言い分では、こうすれば友だちになれるんだったよな?」

「そ、そうです! そ、そうです! だ、だから俺たちはもう友だちです!」

「信用ならん」

「っぁあああああッ!」

人差し指と中指の爪が剝がれ飛ぶ。

「どうだ? これで友だちになれたか?」

「は、はい! 友だちです! 友だちですから——いぎぃいい!?」

「ふむ……では、親友と呼ぶにはまだ程遠いと?」

更に薬指と小指の爪が飛んだ。

「し、親友ですから! わ、私たちは親友です!!」

「ほう、では親友の言うことを聞いてくれるか?」

「聞きます！　聞きますから！」

「じゃあ、悪事を働くのをやめると約束できるか？」

「も、もう悪いことはしません！　悪事から足を洗います！　これからは人の為に尽くします！」

「絶対だろうな？」

「約束します！　約束しますから！」

「ふむ、そういうことであれば――」

メーテが指を鳴らすと、カッフェオの爪が徐々に再生されていく。

「ち、治癒魔法をこの速度で……」

爪が再生されていく様子を呆けた顔で眺めるカッフェオ。

同時に痛みが和らいだようで安堵《あんど》の声を漏らすのだが――この治療行為は施しではなく、脅しだ。

「これであと十回は友だちになる為の儀式ができるな。いや、足も含めれば二十回か？」

爪を再生できるということは、永遠に爪剝ぎの痛みを与えることができるということで、そのことを理解したのであろうカッフェオは――

「ぜ、絶対に約束は破りません！　わ、私たちは親友ですから！」

震える足を押さえながら、直立不動の姿勢を見せた。

「お前らも分かっているよな？　今後一度でも悪い噂《うわさ》が届くようなら、その時は一切の慈悲も与えるつもりはないからな？」

「「「は、はい！」」」

カッフェオ同様、直立不動の姿勢を見せるガラの悪い男たち。

それを確認したメーテは眼《め》つきを柔らかくすると――

「約束だからな？　ではアル！　帰るとするか！」

「は、はい！」

メーテには今後逆らわないでおこう。

そう決意する僕の手を引き、更に路地裏へと足を踏み入れることになった。

その後、路地裏にある古びた一軒家へと辿り着き、その家に踏み入ったところで僕は疑問を口にする。

「どうしてカッフェオを捕まえなかったの？」

「ん？　ああ、あいつらを排除したところで、また別の悪党が西区に生まれるだけだからな。だったら脅しをかけて、あいつらに仕切らせておいた方が下手な混乱を生まなくて済むのさ」

「そ、そういうものなんだ？　じゃあ、この場所は？」

「ここは各地にある私の隠れ家みたいなものだな。では何故《なぜ》ここに来たのかというと――」

メーテは床板の隙間に指を掛けると、床の一部を持ち上げる。

どうやら隠し扉のようで、そこには地下に繋《つな》がる階段が掛けられていた。

「さあ、降りてくれ」

その言葉に疑問を抱くも、階段を降りていくとそこにあったのは、家の地下にあった魔法陣と類似した円形の模様で――

「帰りの馬車も逃してしまったしな。と、いうことで帰ることにするか」

「へ？」

そしてその瞬間、僕は魔法陣の上へと手を引かれ――

「旅をした今なら、転移魔法陣の凄《すご》さが嫌になるほど分かるよ……」

僕の眼前には、旅行に出る時と同じ、地下の景色が映っていた。

ギシリ、ギシリと踏み板を鳴らして階段を上る。

すると、その音で僕たちが帰ってきたことに気付いたのだろう。

「わふ、わっふ！」

階段の半ばでウルフに抱きつかれ、転げ落ちてしまいそうになる。

しかし、それに耐えるとウルフに笑い掛け——

「ただいま」

無事、我が家に帰ってきたことを報告した。


そうして無事に帰宅した僕たちは、リビングにお土産を広げ始める。

ご要望の肉もしっかりと購入してあるので、ウルフもご満悦のようだ。

「あっ、そうだ」

僕はウルフにお土産として購入していた首飾りをバックパックから取り出すと、ウルフの首へと提げる。

「わっふ⁉」

「似合うじゃないかウルフ！　ほら！　私もアルに買ってもらったんだぞ！」

「わふん！」

メーテは、そう言うと自分の首飾りをウルフに見せつけ、ウルフも見せつけるように首元を露《あら》わにする。

「わっふわっふ！」

「そ、そうか？　やはり似合うか！　ウルフも似合っているぞ！」

硝子玉《ガラス》を躍らせながら、ニヤニヤとだらしない表情を浮かべる一人と一匹。

そんな様子を笑顔で眺めていた僕は――

「あっ」

あることに気付いて呆けた声を上げてしまう。

「ん？　どうしたんだ？」

「えっと……うん。なんでもない」

が、思い過ごしだと結論付けた僕は、抱いた疑念を霧散させる。

ともあれ、ほぼ一週間振りの我が家の匂いは僕の心を落ち着かせていく。

「旅行も楽しかったけど、一番落ち着くのはやっぱり家だな」

そして、僕は年寄り臭く幸せを噛《か》みしめると――

「目的に約束か……うん！　気持ちを切り替えて頑張らなきゃ」

この旅行で自分の世界が広がったような――そんな感覚を覚えるのだった。

――一方。

「あらお嬢様？　可愛《かわい》らしい首飾りをしていらっしゃいますね？」

「そうかしら？　こんなの、そこらへんで売っている安物よ？」

「その割には、ニヤニヤしながらずーっと眺めていませんか？」

「ニ、ニヤニヤなんてしてないわよ！　さーて！　試験に受かるように勉強しなきゃ！」

「あら、珍しい。どういう風の吹きまわしで？」

「う、うるさいわね！　深い意味なんて無いわよ！」

ソフィアは緑の硝子玉が提げられた簡素な首飾りを握りしめる。

そんなソフィアの横に置かれていたのは、【禍事《まがごと》を歌う魔女】と書かれた一冊の本――

いや、よくよく見れば題名をバツ印で消されていることが分かる。

代わりにその上には――

【ちょっと過保護だけど優しいお姉さん】。

そのような題名が、拙い文字で綴られていた。

あとがき

はじめましての方ははじめまして。WEB小説からお付き合いのある方はいつもありがとうございます。作家のクボタロウと申します。このたびは、『魔女に育てられた少年、魔女殺しの英雄になる』を手に取っていただき本当にありがとうございます。

WEB版とは話の流れが違いますので、初めて読む方だけではなく、WEB版からお付き合いのある読者さんでも充分楽しめる内容になっているのではないかと考えております。

本当なら色々と語り、幾つもの感謝を伝えたいところではあるのですが……自業自得というかなんというか、本編に圧迫されてしまい、あとがきに割くページが少なくなってしまいました。ですので、慌ただしいあとがきであることをお詫《わ》びすると共に、短くはありますが、感謝の言葉をもってあとがきを締めさせていただこうと思います。

このお話を出版するにあたって尽力してくださったスニーカー文庫編集部と担当編集者さん。可愛《かわい》くて素敵なイラストを描いてくださったファルまろ先生。

デザイナーさんや校正さん、様々な形で携わってくださった方々。

そして、応援してくれた家族や、今まで読み支えてくれ読者の皆さんに。深く。深く。

感謝の気持ちを。

クボタロウ

魔女《まじょ》に育《そだ》てられた少年《しょうねん》、魔女殺《まじょごろ》しの英雄《えいゆう》となる

著　クボタロウ

角川スニーカー文庫　22232

2020年8月1日　初版発行

発行者　三坂泰二

発　行　株式会社KADOKAWA
〒102-8177 東京都千代田区富士見2-13-3
電話　0570-002-301（ナビダイヤル）

印刷所　株式会社暁印刷
製本所　株式会社ビルディング・ブックセンター

Printed in Japan　ISBN 978-4-04-109400-6　C0193

★ご意見、ご感想をお送りください★
〒102-8177 東京都千代田区富士見 2-13-3
株式会社KADOKAWA　角川スニーカー文庫編集部気付
「クボタロウ」先生
「ファルまろ」先生

角川文庫発刊に際して

角　川　源　義

第二次世界大戦の敗北は、軍事力の敗北であった以上に、私たちの若い文化力の敗退であった。私たちの文化が戦争に対して如何に無力であり、単なるあだ花に過ぎなかったかを、私たちは身を以て体験し痛感した。西洋近代文化の摂取にとって、明治以後八十年の歳月は決して短かすぎたとは言えない。にもかかわらず、近代文化の伝統を確立し、自由な批判と柔軟な良識に富む文化層として自らを形成することに私たちは失敗して来た。そしてこれは、各層への文化の普及滲透を任務とする出版人の責任でもあった。

一九四五年以来、私たちは再び振出しに戻り、第一歩から踏み出すことを余儀なくされた。これは大きな不幸ではあるが、反面、これまでの混沌・未熟・歪曲の中にあった我が国の文化に秩序と確たる基礎を齎らすためには絶好の機会でもある。角川書店は、このような祖国の文化的危機にあたり、微力をも顧みず再建の礎石たるべき抱負と決意とをもって出発したが、ここに創立以来の念願を果すべく角川文庫を発刊する。これまで刊行されたあらゆる全集叢書文庫類の長所と短所とを検討し、古今東西の不朽の典籍を、良心的編集のもとに、廉価に、そして書架にふさわしい美本として、多くのひとびとに提供しようとする。しかし私たちは徒らに百科全書的な知識のジレッタントを作ることを目的とせず、あくまで祖国の文化に秩序と再建への道を示し、この文庫を角川書店の栄ある事業として、今後永久に継続発展せしめ、学芸と教養との殿堂として大成せんことを期したい。多くの読書子の愛情ある忠言と支持とによって、この希望と抱負とを完遂せしめられんことを願う。

一九四九年五月三日

侯爵令嬢の借金執事
Marchioness Emilia's Butler Jack is deep in debt
許嫁になったお嬢様との同居生活がはじまりました
執事ってこんな幸せライフ送っていいの!?
Riku Nanano
七野りく
Illustration / mmu
親の借金を支払わせられることになった不幸な少年ジャック。侯爵と交渉し、何とか令嬢エミリアの許嫁兼執事となることで当面の危機は回避するが、彼女もまた、ジャックと恋仲になる為に行動を起こし始め——?
スニーカー文庫

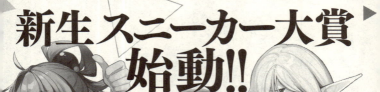